Michael Köhlmeier
Moderne Zeiten

Roman

Piper München Zürich

Von Michael Köhlmeier liegen in der Serie Piper außerdem vor:

Der Peverl Toni (381)
Die Figur (1042)
Spielplatz der Helden (1298)
Die Musterschüler (1684)
Sagen des klassischen Altertums (2371)
Neue Sagen des klassischen Altertums von Eos bis Aeneas (2372)
Telemach (2466)
Trilogie der sexuellen Abhängigkeit (2547)
Dein Zimmer für mich allein (2601)
Neue Sagen des klassischen Altertums von Amor und Psyche bis Poseidon (2609)
Der Unfisch (2765)
Kalypso (2947)
Die Nibelungen neu erzählt (2882)
Calling (2918)
Tantalos (2997)
Geschichten von der Bibel (3162)
Bevor Max kam (3217)
Der Blick in die Weite (3288)
Der Menschensohn (3312)
Moses (3417)
Bleib über Nacht (3462)
Geh mit mir (3553)

Ungekürzte Taschenbuchausgabe
1. Auflage September 1994
2. Auflage Juni 2002
© 1984 Piper Verlag GmbH, München
Umschlag/Bildredaktion: Büro Hamburg
Isabel Bünermann, Julia Martinez, Charlotte Wippermann
Foto Umschlagvorderseite: Andrea Pickens
Foto Umschlagrückseite: Peter Peitsch
Satz: Kösel, Kempten
Druck und Bindung: Clausen & Bosse, Leck
Printed in Germany   ISBN 3-492-21942-x

www.piper.de

Der Fahrdienstleiter

In unbenannter Zeit fuhr ein Bürgermeister mit seinem Moped über die Erde, als ihm eine Vision vom Untergang der Welt kam, so bilderreich, daß er am Trottoir anhielt. Er sah vom Himmel eine Peitsche schlagen, deren Seil ist aus weißem Licht, das alles an sich zieht; den Boden der Berge, die von nun an schweben; die Stämme der Baumdolden, die von nun an schweben; die Verbindung aller Dinge zur Erde, so daß alle Dinge von nun an schweben; die Verbindung der Folgen zu den Ursachen, so daß jede Bewegung aufhört – ewig, bis alles zuende ging, und der Bürgermeister nach seiner Brieftasche griff. Er setzte sich auf sein Moped. Der Motor war am Untergang nicht gestorben. Geradewegs fuhr er zum Güterbahnhof. Es war ein Tag vor Allerheiligen.

Die weiße Peitsche war ein Lichtbogen gewesen. Einer war auf den Mast geklettert, hatte die Hand nach der Leitung ausgestreckt, und der Strom war in die Erde gefahren.

Zwischen Hohenems, Lindau und Lustenau/Rheinbrücke brach das Stromnetz der Österreichischen Bundesbahnen zusammen. Man gab Anweisung, nichts zu verändern. Der Leichnam wurde vor Neugierigen abgeschirmt.

Als der Bürgermeister mit dem Moped beim Güterbahnhof ankam, war alles vorbei. Er habe die Vision gehabt, auf seinem Gemeindegebiet gehe die Welt unter. Jemand rief, bei einem Viehwagen habe es die Plomben gesprengt, die Schweine seien aus.

»Wie soll es die Plomben sprengen, das soll mir einer erzählen!«

Menschen kamen über die Rampe herauf. Sie waren in dem Personenzug gesessen, der gerade den Güterbahnhof passiert hatte. Der Lokführer stieg aus der Lokomotive, nach ihm ein alter Mann in festlich schwarzem Anzug. Schweine rannten quietschend zwischen die Geleise und trieben die Leute auseinander. Unter dem Vordach des Bürogebäudes stand der Fahrdienstleiter des Güterbahnhofs, als verteidige er den Eingang.

Ein Mann griff nach seinem Arm, eine Frau stellte Fragen. Sie trugen Reisetaschen und Koffer. Wann der Zug weiterfahre, sie wollten in Feldkirch den Transalpin nach Paris erreichen.

Er schaue sich nicht darüber hinaus, sagte der Fahrdienstleiter, es sei etwas Außerordentliches passiert.

In das Büro des Fahrdienstleiters traten ein der Bürgermeister, der Lokführer des Personenzugs und der alte Mann im festlich schwarzen Anzug.

Er sei dreißig Jahre bei den Österreichischen Bundesbahnen beschäftigt gewesen, sagte der Alte, zu seiner Zeit sei etwas Ähnliches passiert, er wolle, wenn Bedarf, gern Rat geben.

»Vielleicht kann ein Hund die Schweine zusammentreiben«, sagte der Lokführer.

Ein Unglück folgt auf das nächste, als sei noch nicht aller Jammer ausgeschüttet, dachte der Fahrdienstleiter. Vor zwei Wochen war sein Hund von einem Auto überfahren worden. Dabei war noch etwas geschehen, an das er nicht denken mochte.
Der Fahrdienstleiter und seine Frau wohnten in Bregenz am Pfänderhang in einem Haus, das zur Hälfte seiner Schwester gehörte. Seit er sich erinnern konnte, war Unfriede in dem Haus gewesen. Seine Schwester hatte ihre Hälfte des Hauses an eine Frau mit zwei Kindern vermietet. Einmal hatte die Tochter der Mieterin einen Knochen mitgebracht und im Stiegenhaus mit dem Hund gespielt. Sie wollte sehen, wie der Hund Männchen macht und springt. Sie hielt den Knochen mit ausgestrecktem Arm in der Hand, und wenn der Hund sprang, zog sie die Hand zurück, und tat, als esse sie den Knochen selber. Der Hund sprang ihr ins Gesicht und biß ihr in die Stirn. Es war eine kleine Wunde, aber sie blutete sehr, und das Mädchen brüllte. Der Freund ihrer Mutter fuhr sie ins Krankenhaus und er kam zurück und sagte, der Hund müsse untersucht werden. Der Fahrdienstleiter wollte die Sache vernünftig regeln, aber seine Frau sperrte den Hund ins Bad und schrie, das komme gar nicht in Frage, schließlich habe das Kind unbefugt jenen Teil des Stiegenhauses betreten, der zu ihrer Wohnung

gehöre. Ein Arzt mußte kommen und den Hund holen.

Dann, vor zwei Wochen, war der Unfall passiert. Sie hatten Glück gehabt, es gab keine Zeugen – bis auf einen, den hatte der Fahrdienstleiter bezahlt. In den ersten Tagen nach dem Unfall hatte er keine Ruhe gehabt, aber inzwischen war er sicher, daß niemand ihn und seine Frau damit in Verbindung brachte, und daß der Zeuge geschwiegen hatte.

Der Fahrdienstleiter ließ Kaffee kochen und für den Bürgermeister, den Lokführer und den alten Mann Tassen bringen. Er telephonierte mit der Polizei und noch einmal mit der Streckenleitung. Der Turmtriebwagen war schon unterwegs. Wahrscheinlich lag gar kein Schaden vor. Man wollte aber erst prüfen, ob die Porzellanisolierungen nicht gelitten hatten, bevor man den Strom wieder einschaltete und die Strecke freigab.

Der Bürgermeister sah durch die Fenster des Büros, wie die beiden Reisenden nach Paris über die Geleise und an den Gebäuden der Transportfirmen vorbei zur Straße gingen, und er war so mundoffen beim Anblick der gehenden Frau, daß er auf das Wort des Lokführers erst hörte, als die beiden im Schatten der Laternen waren. Ob er von dem Verunglückten spreche, fragte er.

Die beiden Reisenden nach Paris blieben bei der Straße stehen und berieten sich. Der Mann hatte einen schweren Pelzmantel lose umgelegt, die Frau einen Schal aus weißer Spitze um Schultern und Hals gewunden. Sie streckte ihre Hand aus nach entgegenkommenden Autos, bis eines hielt. Es war ein Lastwagen. Als sie dicht beieinander im Führerhaus neben dem Fahrer saßen, lachten die Glücklichen über eine Geschichte, die der Mann erzählte.

Der Bürgermeister lehnte den Kaffee ab, er könne sonst nicht schlafen. Er verabschiedete sich und fuhr mit seinem Moped von Gasthaus zu Gasthaus und erzählte, was geschehen war. Hätte er Wolle gehabt, er wäre ein Hammel gewesen, und hätten seine Zuhörer Wolle gehabt, sie wären Schafe gewesen.

Nachts schlief er in einem grünen Bett, bedeckte sich mit einer grünen Decke und knöpfte den obersten Knopf seines grünen Schlafanzugs zu.

Die Unglücklichen

Oswald Oswald war jener Taxifahrer, der in einer Berliner Zeitung erwähnt worden war in Zusammenhang mit der Erschießung von siebenundachtzig Laborratten, nachdem einige aus einem Käfig im biologischen Institut der Universität entkommen waren. Er hatte einen Assistenten ins Institut gefahren und ihm geholfen, das Gepäck hineinzutragen, als die Quarantäne verhängt wurde und er das Gebäude nicht mehr verlassen durfte. Draußen stand mit laufendem Motor der Mercedes seiner Firma, und als er einem Polizisten durchs Fenster zurief, er solle den Motor abstellen, gab der zur Antwort, er dürfe nichts verändern. Nach vierzehn Stunden wurde das Gebäude gestürmt, und zweihundert Polizisten erschossen siebenundachtzig Ratten, nämlich achtzig mehr, als laut Institutsleitung entflohen waren. Oswald, der angeblich von einer Ratte gebissen worden war, kam für drei Wochen ins Krankenhaus, und als er entlassen wurde, hatte die Taxifirma den Mercedes an einen anderen weitergegeben.

Er kehrte nach Vorarlberg zurück, trieb sich dort mit einem dicken, jungen Mann namens Pius Bikila Bickel zwischen Bregenz und Bludenz herum, handelte gelegentlich mit Marihuana und war arbeitslos, bis der Vater von Pius Bikila den beiden eine Stelle als Ladendetektive im »Interspar« in Dornbirn beschaffte. Oswald mietete sich eine kleine Wohnung in Bregenz, Pius Bikila schlief bei ihm, zu Mittag aßen sie verbilligt im Restaurant des Supermarktes, das Abendessen stahlen sie sich während der Arbeit. Als Oswald die um sechs Jahre ältere Witwe Rosina, geborene Rudigehr – die Tochter eines Lustenauer Stickereifabrikanten –, kennenlernte, überwarf er sich mit Pius Bikila, worauf der seine Arbeit liegenließ und nach Bludenz zu seinem Vater zog.

An einem Freitag wollte Oswald Rosina heiraten, aber am Dienstag derselben Woche kehrte ihr für tot erklärter Mann zurück. Zwei Jahre zuvor war er von einer Bergtour auf den Zitterklapfen im Großen Walsertal nicht mehr wiedergekommen. Nachdem nach ihm gesucht, aber nur seine Jacke gefunden worden war, und zwar an der Stelle, wo sich an dem betreffenden Tag ein Felssturz ereignet hatte, wurde er zuerst vom Bezirksgericht Bludenz für verschollen und schließlich nach achtzehn Monaten vom Landesgericht Feldkirch für tot erklärt. Der Vorarlberger Stickereiverband, für den er den Nigeriahandel organisiert hatte, schickte seine Lohnsteuerkarte an das Finanzamt zurück und gab die Stelle einem anderen.

Über ein Jahr nach Verschwinden des Mannes hatten Pius Bikila und Oswald dessen achtzehnjährigen Sohn beim Diebstahl einer Armbanduhr erwischt, aber auf eine Meldung verzichtet, weil sie sich zwischen Teigwaren und Fertigsuppen auf ein Schweigegeld geeinigt hatten, das, so die Versicherung des jungen Mannes, seine Mutter bezahlen werde. Oswald fuhr ihn nach Hause zu einem Bungalow im Dornbirner Oberdorf, ließ sich aber, anstatt das Schweigegeld zu verlangen, von Rosina zum Abendessen einladen und blieb bis spät in der Nacht.

Pius Bikila wartete in der Bregenzer Wohnung und fluchte. Nach weiteren vier Abenden, an denen er allein geblieben war, machte er böse Weissagungen. Er hatte mit Hartwin Fischer, einem Mann aus Bludenz, von dem er und Oswald das Marihuana bezogen, telephoniert und sich in der Kunst der Verwünschung unterweisen lassen. Oswald, von Rosina zurück, warf ihn aus der Wohnung, rief ihm, als er schon mit seiner blauen Tasche im Lift stand, nach, er solle sich die Füße waschen, zwanzig Kilo abnehmen und brauche nicht stolz darauf zu sein, daß er seit seinem siebten Lebensjahr nicht mehr die Zähne geputzt habe. Bis zu dem Tag im Oktober, an dem Oswald zwischen Altach und Mäder in den Rheinauen stand, umgeben von fünfzehn Schweinen, die ihm nachliefen, wenn er weggehen wollte, verspürte er kein Bedürfnis mehr, Pius Bikila zu sehen.

Im Sommer war Rosinas Sohn, der Ladendieb, nach Innsbruck gezogen, um zu studieren, und Oswald hatte beschlossen, Rosina zu heiraten. Er nahm eine elegante Wohnung in der Maurachgasse, die auf den Schilling genau so viel kostete, wie er im Monat verdiente, und beauftragte eine Transportfirma, einen Teil der Möbel aus dem Bungalow in Dornbirn nach Bregenz zu schaffen; aber die hellgrünen Möbel ließen sich nicht bewegen, man hätte sie aus den Fußböden und Wänden schneiden müssen.

Als der Mann, der für tot erklärt worden war, wieder auftauchte, wohnte Oswald seit einer Woche in der neuen Wohnung und war mit hunderttausend Schilling in den roten Zahlen; er hatte Möbel angeschafft, drei Monatsmieten im voraus bezahlt, alle möglichen Versicherungen abgeschlossen und für Freitag das Aufgebot bestellt. Am Dienstagabend, nach der Arbeit, fand er vor seiner Tür ein Paket, das der Hausmeister dorthin gelegt hatte, weil es nicht in den Briefkasten paßte. In dem Paket war ein muffig riechender Pelzmantel und ein Brief seines jüngsten Bruders Benedikt. Benedikt hatte Oswald zuletzt vor zwei Jahren in Berlin im Krankenhaus besucht; bald darauf, schrieb er, sei ihr Vater gestorben; er habe nicht gewußt, daß Oswald wieder hier sei, darum melde er sich erst jetzt; Oswald solle sich mit ihm in Verbindung setzen, dann werde er ihm alles erzählen und erklären; er könne ihn erreichen im Schülerheim des Heiligen Fidelis in Feldkirch, wo er als Kapuzinerbruder lebe und arbeite; den Pelzmantel schicke er ihm als Erinnerungsstück, vielleicht könne er ihn gebrauchen oder versetzen. Das Elternhaus in Götzis stehe leer; wo die Brüder und die Mutter seien, wisse er nicht.

Oswald hatte den Brief gelesen, da klingelte das Telephon. Es war Rosina, die ihm Bescheid gab, daß ihr Mann zurückgekehrt sei.

Am nächsten Tag, Mittwoch, verließ Oswald Oswald vor dem Frühstück die Wohnung, um den Pelzmantel zur Reinigung zu bringen; und weil die Reinigung in derselben Straße wie der Bäcker war, hatte er, bevor er ging, das Kaffeewasser aufgesetzt, damit es, wenn er mit den Semmeln zurückkehrte, gerade koche; aber er vergaß den Schlüssel in der Wohnung und sperrte sich selbst aus, während in der Küche die Schnellkochplatte auf drei geschaltet war.

Über außerordentliche Ereignisse wird in diesem Land erst gesprochen, wenn man die Erinnerungen an sie ordnen muß; über Unglück und Schande wird gar nicht gesprochen. Denn in diesem Land glaubt man, Unglück und Schande bedingen sich gegenseitig, das eine könne für das andere Ursache und Folge sein. So steht in den Gesichtern der Unglücklichen Starrsinn geschrieben, wo man Bitterkeit und Auflehnung erwartet; ihre Stille verbirgt nichts; es gibt kein Sichabfinden oder Umgewöhnen: Für die Unglücklichen in diesem Land ist ein Tag wie der andere. Die Welt ist für sie immer dort, wo sie gerade nicht sind.

Vor Jahren war der Mann, der für tot erklärt worden war, Kandidat der Freiheitlichen Partei gewesen, allerdings auf einem hinteren Listenplatz, der ihm von vornherein keine Chance versprach, in den Landtag gewählt zu werden. Vor den Wahlen war in Lustenau in einem Gasthof eine öffentliche Diskussion zwischen den Spitzenkandidaten der drei

Parteien abgehalten worden. Der Freiheitliche Grabner hatte sich nicht in der Lage gesehen, gegen den Sozialisten Bösch anzutreten, und nachdem die Partei in ihren eigenen Reihen keinen fand, der ihn hätte vertreten können, bat man Herrn Rudigehr, er möge seinen Schwiegersohn überreden, vorübergehend Mitglied der Partei zu werden, sich unverbindlich auf einen Listenplatz aufstellen zu lassen und für diesen Abend der Freiheitlichen Partei zur Verfügung zu stehen. Er, der später für tot erklärt wurde, tat es ohne Bedingungen und Einwände. In elegantem Nadelstreif und mit Goldrandbrille saß er auf dem Podium, lachte nie, sprach mit leiser Stimme und argumentierte so brillant, daß im nachhinein zwar niemand wußte, wovon im einzelnen die Rede gewesen war, aber jeder den Eindruck hatte, da sitzt ein Mann, der das Ganze im Griff hat und sich im einzelnen auskennt wie keiner, weswegen auch akzeptiert wurde, daß keiner verstand, worum es im einzelnen ging. Die Partei bestürmte ihn, weiter für sie zu arbeiten, drei Kandidaten, die auf der Liste vor ihm standen, erklärten sich spontan bereit, von ihrer Kandidatur zurückzutreten; aber der Mann lehnte ab; er sei Geschäftsmann und kein Politiker.

Seine Mutter war nach dem Krieg mit einem französischen Besatzungssoldaten befreundet gewesen, der Gaspard hieß. Sie hatte als Mädchen in Hohenems im Haushalt des jüdischen Professors Kaleen gearbeitet, bis die Familie 1942 mit dem achten Sammeltransport nach Theresienstadt verschleppt wurde. Danach wollte niemand mehr in das Haus einziehen, denn der Herr, der die Deportation der Familie Kaleen betrieben hatte, erlitt ein abstoßendes Schicksal, und einer, der einen anderen kannte, der die hebräische Schrift lesen konnte, behauptete nach dem Unfall, die Inschrift eines Grabsteins auf dem Hohenemser Judenfriedhof habe den Tod dieses Herrn vorausgesagt. Aber niemand traute sich, auf den Judenfriedhof zu gehen und nachzuschauen.

Die Familie Kaleen war schon Mitte der zwanziger Jahre zum katholischen Glauben übergetreten, sie hatte Freunde in Hohenems, und es waren Vorbereitungen getroffen worden, sie mit Hilfe einer geheimen Organisation, die in Götzis im Gasthof »Hohe Kugel« ihr Quartier hatte, in die Schweiz zu bringen. Aber jener Herr, der die Deportation betrieben hatte, kam dem zuvor, und als die Familie Kaleen abgeholt wurde, senkten viele die Blicke und dachten, dieser hat schuld; und als seine Frau ein Jahr später in der Apotheke ein Mittel verlangte gegen starken Geruch – denn seit sie zu Hause die Teppiche der Kapelle St. Anton im Wohnzimmer liegen hätten, rieche das ganze Haus nach Weihrauch –, da drehten sich die anderen Kunden zu den Regalen, als suchten sie etwas Bestimmtes, und dachten, auch diese hat schuld. Im selben Jahr fuhr jener Herr in einer Winternacht mit dem Motorrad vom Gsohl herunter, wo er mit seinen Parteigenossen heißen Most getrunken hatte, kam auf dem matschnassen Weg ins Schleudern und stürzte über den Abhang in den Wald, genau auf eine junge Tanne, deren Spitze seinen Bauch durchbohrte. So blieb er hängen, aufgespießt, und die ganze Nacht soll man es schreien gehört haben, denn erst am Morgen war er tot.

Nach dem Krieg, als der Plan bestand, den jüdischen Friedhof von Grabsteinen zu räumen und die Zedern, die dort wuchsen, an die Bleistiftfirma Faber-Castell zu verkaufen, um auf dem so freigewordenen Grund eine Christbaumzucht zu betreiben, suchte man nach dem Grabstein, auf dem in hebräischer Schrift das Schicksal jenes Herrn eingraviert sei; aber der Stein war nicht mehr da.

Als nach Abtransport der Familie Kaleen niemand in das leere Haus ziehen wollte, wies die Gemeindebehörde dem ehemaligen Dienstmädchen zwei Zimmer und eine kleine Küche im Obergeschoß zu. Nach dem Krieg gab es einige, die, um den Blick der französischen Besatzer von sich selbst abzulenken, auf die Dienstmagd zeigten, die als deutsche Volksgenossin in einem ehemaligen jüdischen Haus wohnte; aber Gaspard erreichte bei seiner Behörde, daß ihr das Recht, weiterhin im Haus Kaleen zu wohnen, garantiert wurde. Wenn es sein Dienst zuließ, war er bei ihr; sie war die erste, die französische Damenstrümpfe trug und französische Zigaretten mit einer Spitze rauchte. Ein Jahr nach Ende des Krieges wurde der Mann geboren, der sechsunddreißig Jahre später für tot erklärt wurde.

Nachdem die alliierten Truppen Österreich verlassen hatten, kam Gaspard zweimal im Jahr zu Besuch, im Sommer und zu Weihnachten, brachte dem Buben immer genau das mit, was er sich gewünscht hatte, boxte ihn in die Seite und sagte: »Mein Sohn!«

Mit den Jahren wurden Gaspards Besuche zwar seltener, statt Briefe kamen bald nur noch Postkarten, aber nie sprach der Mann anders von Gaspard als von seinem Vater. Als die Mutter starb, war sie erst fünfzig Jahre alt, ihr Gesicht war faltenlos und ihr Haar schwarz geblieben. Gaspard kam zur Beerdigung. Einige Trauergäste erkannten ihn und sagten, das sei der große Frauenverführer von damals, und sie wunderten sich über sein Aussehen, denn er schien nicht einen Tag älter geworden. Immer noch sagte er zu dem Mann »Mein Sohn« und zu Rosina, mit der der Mann seit seinem siebzehnten Lebensjahr verheiratet war, sagte er »Meine Tochter« und zu dem Buben, den der Mann in der ersten Liebe seines Lebens gezeugt hatte, sagte er »Mein Sohn«.

Gaspard blieb drei Tage in Vorarlberg, wohnte in Dornbirn in dem Bungalow und brachte dem Buben bei, wie man Unterschriften auf Zeugnissen fälscht und eine Armbanduhr vom Handgelenk stiehlt, ohne daß es der Betreffende merkt. Aber wie man eine Armbanduhr in einem Kaufhaus aus der Vitrine nimmt, brachte er ihm nicht bei.

Oswald Oswald kannte Gaspard nicht, aber dessen Namen hatte er vor vierzehn Jahren dem Mann ins Gesicht gesagt, den er bis dahin für seinen Vater gehalten hatte; am nächsten Tag war er von zu Hause ausgezogen und nach Berlin gefahren. Als Benedikt, auf einen Brief von Oswald hin, ihn Jahre später in Berlin im Krankenhaus besuchte, erzählte er, der Vater sei merkwürdig geworden, er halte sich die meiste Zeit in Oswalds ehemaligem Zimmer auf, das er hinter sich abschließe, wenn er es betrete und verlasse. Aber Oswald hatte jeden Gedanken an seine Familie verloren, und auch der Brief an Benedikt war nur eine Laune gewesen, die er bereute, als dieser mit einem Strauß roter und weißer Nelken in der Tür des Krankenzimmers stand. Benedikt, der damals in Innsbruck Theologie studierte, hatte sich Geld ausborgen müssen für die lange Fahrt und fühlte sich vor den Kopf gestoßen durch Oswalds Gleichgültigkeit und Kälte. Eigentlich hatte er vorgehabt, mit einem Taxi vom Krankenhaus zu Oswalds Wohnung zu fahren, um dort nach dem Rechten zu sehen; aber als er sich dann von Oswald verabschiedete, wollte er gleich wieder zum Bahnhof gehen, woher er erst vor einer Stunde gekommen war; und er hätte es auch getan, wäre er nicht auf der Treppe des Krankenhauses gestürzt und hätte sich ein Bein gebrochen. So war er noch eine ganze Woche in Berlin geblieben – im selben Krankenhaus wie Oswald, ohne daß dieser es wußte.

Ihr Vater war gestorben in der Woche, in der Oswald nach Vorarlberg zurückgekehrt war; und in derselben Woche war auch der Mann verschollen, der später für tot erklärt wurde.

Es war der Sohn, der nach dem Verschwinden seines Vaters veranlaßt hatte, was nötig war. Auf seine Mutter konnte er sich nicht verlassen. Er berichtete ihr nicht einmal, was er in dieser Sache unternahm, holte nur ihre Unterschrift ein, weil er selbst noch nicht volljährig war. Als das Landesgericht Feldkirch seinen Vater für tot erklärte, hatte er gerade die Matura bestanden; er wollte Medizin studieren. Das Mißgeschick im »Interspar«, bei dem ihn Oswald und Pius Bikila beim Diebstahl der Armbanduhr ertappten, hätte seine Immatrikulation in Frage gestellt. Seit er sich erinnern konnte, hatte er in Geschäften Sachen mitgehen lassen, meistens kleine Sachen, die er nicht brauchte. Als er die Uhr stahl, eine billige Digitaluhr, trug er eine goldene Seiko am Armgelenk, die ihm sein Vater zu Weihnachten geschenkt hatte.

Rosinas Verhalten gegenüber ihrem Sohn war nicht zu unterscheiden von dem Verhalten ihrem Vater, ihrem Mann und auch Oswald gegenüber. Ihr Vater und ihr Sohn nahmen sie nicht ernst, ihr Sohn verachtete sie sogar; ihr Mann hatte seit dem Tag ihres Kennenlernens kaum noch Notiz von ihr genommen – nachdem er nach zwei Jahren wieder zurückgekehrt war, gab er ihr keine Erklärung –, und für Oswald war sie nichts weiter als die Inkarnation einer Erinnerung. Er glaubte, sie sehe der Mutter eines ehemaligen Mitschülers ähnlich; aber nach zwanzigjährigem Umgang hatte sich das Bild verändert und zeigte schließlich nicht mehr die Mutter des

Mitschülers, sondern Rosina, so daß Oswald, als er ihr zum erstenmal begegnete, meinte, er habe sie in seiner Phantasie vorweggenommen, wie es ihm manchmal bei Filmszenen geschah, die er bis auf Ambiente und Dialoge genau in anderem Zusammenhang erlebt hatte, ehe er den Film im Kino sah. Rosina blieb ungerührt, als er ihr später davon erzählte. Er hatte nichts anderes erwartet, denn ihre Widerstandslosigkeit entsprach ganz dem Bild, das er in sich trug.

Nur ihrer Schwester Roswitha gegenüber gab sie diese Widerstandslosigkeit bisweilen auf, dann blickte sie ihr nicht wie allen anderen beim Sprechen auf den Mund, sondern in die Augen. Roswitha sagte: »Man wird dich heilig sprechen und von dir reden als von der Heiligen Rosina von den stillen Frauen Vorarlbergs.«

Als Rosina ihren Mann kennenlernte, war sie zweiundzwanzig und er noch nicht siebzehn. Ihre Mutter hatte sie an dem Tag mit dem Lieferwagen nach Hohenems geschickt, um beim Präsidenten des Vorarlberger Stickereiverbandes, dem Konsul von Nigeria, der mit der Familie befreundet war, eine Waschmaschine auszuborgen, weil die eigene defekt war und erst am Montag eine neue besorgt werden konnte. Es war Frühling und die Luft föhnwarm. Rosina spazierte ein Stück den Hohenemser Schloßberg hinauf und setzte sich ins Bärlauch. Dort beobachtete sie ein junger Bursche und er beobachtete sie lange, ehe er auf sie zutrat.

Rosina war schwanger geworden, und erst als ihr Vater kam und die Heirat verlangte, hatte der Bursche erfahren, wer sie war: Rosina Rudigehr, zweiundzwanzig, die älteste von vier Geschwistern, wohnhaft in Lustenau, von Beruf Angestellte in der Stickerei ihres Vaters. Der Vater, selbst kein Lustenauer, verehelicht mit einer geborenen Bösch, hatte von seinem Schwiegervater den Betrieb übernommen, in dem damals nur fünf Menschen beschäftigt waren, nämlich er selbst, seine Frau, seine Tochter Rosina und seine beiden Söhne.

Er könne diesen Schwiegersohn gebrauchen, sagte Herr Rudigehr, und es mache gar nichts aus, daß er noch so jung sei, denn so bestünde die Möglichkeit, auf seinen beruflichen Werdegang Einfluß zu nehmen, und das werde gleich nach der Hochzeit geschehen, indem er ihn auf die Textilschule schicke. So ließ sich der Mann, der später für tot erklärt wurde, ausbilden, wie es sein Schwiegervater beschlossen hatte, und weil er fleißig war und in seiner inneren Erstarrung, die ihn seit jenem Nachmittag auf dem Schloßberg ergriffen hatte, von nichts abgelenkt werden konnte, was nicht den Aufträgen seines Schwiegervaters gerecht wurde, war er bald angesehen, und seine Verläßlichkeit sprichwörtlich.

Nirgends auf der Welt gab es damals mehr Stickereien auf einem Fleck als in Lustenau, und nirgendwohin wurden mehr Lustenauer Spitzen für so viel Geld verkauft wie nach Nigeria, und weil das Geschäft vom Staat Nigeria verboten, die Nachfrage aber unerschöpflich war, mußten Mittel und Wege gefunden und durchgeführt werden, die weiße Ware an die schönen schwarzen Frauen zu bringen, die beinahe jede Woche am Flughafen Zürich ein Taxi oder einen bereitgestellten Wagen des Stickereiverbandes bestiegen und nach Lustenau fuhren, um die Koffer mit papierenem Geld gegen blütenweiße Spitzen einzutauschen.

Es wurde die Aufgabe des jungen Schwiegersohns, den Handel mit den Reichen Nigerias zu organisieren. Für seinen Einfall, die Spitzen in Kühltruhen über die Nigerianische Grenze zu schaffen, bekam er von seinem Schwiegervater und den anderen Lustenauer Stickern den Bungalow im Dornbirner Oberdorf geschenkt. Seine Idee, den schwarzen Frauen die Stickwaren in fünfzehn Meter langen und einen halben Meter breiten Bahnen um den Körper zu wickeln und sie so, steif wie Mumien, in das Flugzeug zu setzen, brachte ihm einen kleinen Wald aus Zierbäumen ein, der die Veranda seines Bungalows vor Blicken schützte, und in dessen Mitte eine zwei Meter hohe afrikanische Statue aus Ebenholz stand.

Mehrmals jährlich flog er nach Nigeria und ließ sich in den Palästen seiner Kunden verwöhnen, redete ihnen, die schon in Lustenauer Spitzen erstickten, neue Verwendungsmöglichkeiten ein – als Tapeten und Sonnensegel zum Beispiel.

Seinen Sohn, den er, wäre er ihm zufällig in Afrika begegnet, nur an seiner Kleidung erkannt hätte, sah er manchmal drei Monate lang nicht, ohne daß ihm das ungewöhnlich vorgekommen wäre; Weihnachten schenkte er ihm, was er selbst von Geschäftsleuten geschenkt bekommen hatte, so auch die goldene Seiko. Wenn die Familie einmal im Monat seine Mutter in Hohenems besuchte, nützte er die Gelegenheit, um sich mit dem Präsidenten des Stickereiverbands zu treffen. Dann saßen sie im Wohnzimmer, während Rosina und seine Mutter in der Küche Sahne schlugen.

Seine Schwägerin Roswitha hatte kurz vor ihrer eigenen Heirat mit dem Landesbeamten Gebhard Rudigehr, dem Sohn eines Cousins ihres Vaters, mit ihrem damaligen Liebhaber gewettet, daß es ihr gelänge, ihren Schwager ins Bett zu kriegen; aber es war ihr nicht gelungen. Weil es von allem Undenkbaren das Undenkbarste war, sah Roswitha, nachdem sie es drei Monate lang versucht hatte, keinen Grund, ihr Vorhaben vor der Familie zu verheimlichen. Es löste ein Gelächter der Zufriedenheit aus. Ihr Schwager, der später für tot erklärt wurde, war ein Geschäftsmann, aber kein Mann, doch war er ein so guter Geschäftsmann, daß dies alle anderen Möglichkeiten, Männlichkeit zu beweisen, aufwog.

So war sein Leben in zwei Teile zerfallen, in jenen vor seiner Heirat und in jenen danach, oder in jenen Teil, der Kindheit hieß, und in den folgenden, der keinen Namen hatte. Eine Nacht des Alleinseins nach zweijähriger Abwesenheit genügte, daß er sich wieder auf den Weg machte und eine Reise antrat, weiter als in den zwei verschollenen Jahren.

Rosina schlief noch, als er den Bungalow verließ. Als sie aufwachte, hatte auch Oswald seine Wohnung in Bregenz verlassen.

Oswald machte sich keine Sorgen wegen der abgeschlossenen Tür und der eingeschalteten Herdplatte, diese Ungeschicklichkeit war ihm schon zum dritten Mal passiert; er hatte sich noch nicht an die neue Wohnung gewöhnt und die Gewohnheiten aus der alten Wohnung noch nicht abgelegt. Der Hausmeister wohnte im Erdgeschoß, er hielt Oswald für einen vermögenden Herrn, weil er in die teure Dachwohnung gezogen war. Der Hausmeister würde ihm mit dem Generalschlüssel die Tür öffnen, wie er es schon zweimal getan hatte. So wollte Oswald zuerst Semmeln einkaufen und den Mantel zur Reinigung bringen und danach beim Hausmeister schellen.

Als er auf die Straße trat, wurde ein Spaniel von einem Mercedes überfahren. Die Herrin, die vor Entsetzen an der Leine riß, zog mit einem letzten Ruck den blutigen Kopf des Hundes unter dem Reifen hervor. Ein sehr großer, dünner Mann mit schattigen Augen stieg aus dem Wagen, ging um ihn herum, beugte sich zur Stoßstange nieder, fand aber keinen Schaden. Er wußte nicht, was passiert war. Dann erst sah er die Frau mit dem blutigen Hundekopf in der Hand. Er starrte sie geistesabwesend an und verstand immer noch nichts. Im selben Augenblick schlug die Frau den blutigen Hundekopf in das

Gesicht des Mannes. Der wich zurück, strauchelte und fiel vor die Räder des Lastwagens.

Oswald war nicht der einzige Zeuge gewesen. Auf der anderen Seite der schmalen Gasse war der Fahrdienstleiter gestanden; jetzt ergriff dieser das Handgelenk seiner vor Entsetzen wehrlosen Frau, riß sie mit sich auf Oswald zu, faßte ihn am Ärmel, und ehe Oswald merkte, was mit ihm geschah, saß er auf dem Rücksitz eines Wagens neben der zementstarren Frau, die noch immer den Hundekopf in der Hand hielt. Der Fahrdienstleiter fuhr rückwärts die Maurachgasse hinauf und über andere Wege zur Bundesstraße und auf ihr aus Bregenz hinaus in Richtung Dornbirn. Gegenüber dem Güterbahnhof bog er ab ins Ried; dort blieb er auf einem Traktorweg zwischen Bäumen und Büschen stehen. Gleich begann er zu sprechen: Seine Frau sei an dem Unfall unschuldig, das werde Oswald ja wohl gesehen haben; aber er könne es sich nicht leisten und vor allem seiner Frau nicht zumuten, daß sie in eine Verhandlung verstrickt werde; und darum biete er auf der Stelle Oswald fünftausend Schilling an, wenn er keine Zeugenaussage mache.

Oswald saß da, den verschnürten Pelzmantel auf dem Schoß, schaute zum Fenster hinaus und kämpfte gegen das Kotzen, denn neben sich hörte er die Frau schnaufen, und bei jedem Atemzug roch er ihr Parfum. Er konnte nicht reden, nahm das Geld, das ihm der Fahrdienstleiter gab, und stieg aus. Sofort fuhr der Wagen ab.

Die Glücklichen

Die beiden Reisenden nach Paris hatten sich kennengelernt, kurz bevor sie den Personenzug bestiegen, der wegen des Unglücks auf der Strecke geblieben war.

Der Mann hieß Kaspar Bierbommer, er war im Jahr 1732 in diesem Land geboren und in seinem langen Leben immer wieder hierher zurückgekehrt, meistens nur für wenige Tage oder Wochen, manchmal aber auch für Monate, so im Jahr 1945, als er Soldat der französischen Besatzungsarmee war und sich Gaspard Poirier nannte. Er war ohne erkennbaren Grund nie gestorben, und sein Äußeres hatte sich seit seinem vierzigsten Lebensjahr nicht verändert, so daß er zur Einsicht gekommen war, es werde, wenn nicht ewig, so doch noch eine lange Zeit weiter gehen. Innerhalb von zehn bis fünfzehn Jahren mußte er immer wieder seinen Wohnsitz und seine amtliche Identität ändern, um nicht in der näheren Umgebung oder bei den Behörden Mißtrauen zu erregen, das, wäre man der Wahrheit auf die Spur gekommen, leicht in Panik oder gar in Fanatismus hätte umschlagen können. Die Folge davon war, daß er viel reiste, aber nirgends heimisch wurde, weswegen er auch von Zeit zu Zeit in dieses Land kam, weil es von allen Gesichtskreisen der Welt der einzige war, an dessen Entwicklung und Veränderung er tatsächlich Anteil nahm. Er hatte sich an eine stille, immer gegenwärtige Trauer gewöhnt, deren Ursache seine Einsamkeit war.

In der ersten Zeit seines Lebens folgte er seinem aufgeklärten Geist und bereiste, auch weil inzwischen die Gefährten seines eigentlichen Lebens gestorben waren, viele Länder aller Kontinente, erlernte verschiedene Berufe und betrieb Studien mancherlei Art, recht im Sinn der französischen Enzyklopädisten, deren Weltbild er sich stets verpflichtet fühlte, anfangs feurig, später passiv, bisweilen sogar lamentierend, aber nie daran zweifelnd, daß sich die Macht der Vernunft durchsetzen werde, gleich über welche Serpentinen und Sackgassen ihr Weg führte. Nur, wenn er in dieses Land zurückkehrte und jedesmal erneut feststellen mußte, daß hier der Verstand seine ganze Kraft aufbrauchte im Bündnis mit dem Geschäft, kam Resignation in ihm hoch, und er spürte seine Einsamkeit schmerzlicher als anderswo. Sein Kopf verabscheute das Land, indes sein Herz daran hing, und in seiner Person gelang ihm nicht zu vereinigen, was er in diesem Land vereinigt sah: Vernunft und Unvernunft – und nicht nur vereinigt, sondern sogar sich gegenseitig bedingend in einem Pakt, der vorsah, daß die allgemeine Unvernunft eine Voraussetzung für die geschäftliche Vernunft sei und umgekehrt. Nicht, daß die Vernunft sich im Merkantilen entfaltete, sondern daß sie sich dabei so pfaffenhaft gebärdete, widerte ihn an, daß sich der freie diesseitige Geist seinen geschäftlichen Profit heiligsprechen ließ und so tat, als sei er jenseitsgewollter Lohn. In diesem Land war es vor Jahrhunderten gelungen, die Reformation zurückzudrängen und dennoch die calvinistische Rechtfertigung des geschäftstreibenden Bürgers in katholischen Bauernschädeln zu installieren, und zwar dergestalt, daß weder Zweifel am Katholizismus noch Zweifel am Kapitalismus aufkamen und ebensowenig an dem Pakt, den die beiden miteinander geschlossen hatten. Die Zweifellosigkeit in den Gesichtern dieser Menschen schien ihm wie eine Krankheit, die der eigentliche Grund dafür war, daß sie starben, und die ihn, der nicht gestorben war, mit Einsamkeit brandmarkte, die ihn krankmachte vor Sehnsucht nach Liebe.

Nie vorher hatte er dieses Gefühl deutlicher gespürt als 1945, da er in der Uniform eines französischen Besatzungssoldaten in diesem Land auf einem Dorfplatz neben einem Panzer stand, der auf ein leuchtend weißes Hakenkreuz zielte, das zwei Kilometer entfernt an die Felswand des Breiten Berges gepinselt worden war. Nichts weiter hatte der Soldat Gaspard Poirier in den Gesichtern der Leute sehen können als Neugierde, ob der Panzer treffe oder nicht. Als am nächsten Tag die Gemeinde Hohenems inspiziert wurde, war das Hakenkreuz am Schloßberg schon übermalt worden; ein Mann war dabei abgestürzt. Am selben Tag lernte Gaspard jene junge Frau kennen, die allein in dem großen Judenhaus wohnte. Er liebte sie und er liebte sie wirklich und er liebte sie so, als bestehe die Hoffnung, gemeinsam mit ihr eines Tages zu sterben, und sie bekam ein Kind, und als sie starb, war das Kind ein junger Mann geworden, in dessen Gesicht Gaspard, der immer noch lebte, jene Zweifellosigkeit erkannte, die ihn so schmerzte.

Kaspar Bierbommer war alles andere als sentimental, und seinen persönlichen Erinnerungen maß er nicht über Gebühr Wert bei; dennoch schien es ihm notwendig, sein eigenes Leben vor sich selbst zu dokumentieren, und er tat dies, indem er verschiedene seiner Kleidungsstücke aufbewahrte und sammelte, weil sie seine eigene Geschichte ebenso erzählten wie die Geschichten der Welten, in denen er gelebt hatte. Als er Mitte der sechziger Jahre in Geldnot geraten war, sah er sich gezwungen, einen Teil seiner Kleider zu verkaufen, und das war ihm Gelegenheit, wieder einmal in dieses Land zu fahren, in dem die Reichen geschäftlich enge Beziehungen zu Textilien haben. Aber die Geschäftsleute zeigten kein Interesse, und schließlich verkaufte er neun Kleider aus seiner Sammlung an einen Mann aus Götzis, dessen Frau er in der Nachkriegszeit gekannt hatte.

Dieser Mann war Oswalds Vater, den Kauf der Kleider hielt er vor seiner Familie geheim, und auch von den Kleidern selbst erfuhr sie erst kurz vor seinem Tod. Als es Kaspar Bierbommer finanziell wieder besser ging, wollte er die Kleidungsstücke zurückkaufen; aber Oswalds Vater ließ nicht mit sich darüber reden.

Diesmal war er aus anderen Gründen nach Vorarlberg gekommen. Der Pelzmantel, den er an dem Abend trug, an dem das Unglück beim Güterbahnhof geschah, gehörte zu seiner Sammlung; er hatte ihn im Jahr 1900 von einem Geschäftsfreund geschenkt bekommen, im selben Jahr, als König Umberto I. in Monza durch das Attentat eines Anarchisten ums Leben kam.

Die Reisende in Begleitung von Kaspar Bierbommer war Roswitha Rudigehr, die Schwester von Rosina. Vierzehn Tage zuvor war sie mit dem Peugeot ihres Mannes ins Ried gefahren zu dem Heustadel, wo sie, mit dem Rücken an einer Spinnwebwand stehend, den Rock hinaufgeschoben und in den Gürtel geknüllt, von ihrem Geliebten geschwängert worden war. In dem Augenblick nämlich, als es ihm kam, hatte sich der Reißverschluß seiner Hose im Nylon ihrer Strümpfe verhakt, was beide daran hinderte, sich rechtzeitig zu trennen. Ihr Geliebter war Vertreter für Lustenauer Spitzen; sie kannten sich schon seit ihrer Kindheit, waren aber erst vor kurzem zueinandergekommen, ohne allerdings zu erwarten, daß ihr Verhältnis von Bestand sein werde. Als sie noch zur Schule gingen, hatte es zwischen ihnen einmal ein heftiges Techtelmechtel in der Garage ihrer Eltern gegeben, bei dem sie seine silberne Gürtelschnalle abgerissen hatte und mit ihr ins Haus gerannt war, er hinter ihr her bis in den zweiten Stock, vorbei an den baffen Eltern, die vor Staunen tatenlos zugeschaut hatten, wie er sie verprügelte. Über diese Geschichte wurde in Roswithas Familie noch lange gelacht, und sie war schließlich auch der Grund gewesen, warum sich ihr Vater für den ehemaligen Raufbold eingesetzt hatte, als dieser sich um eine Stelle als Vertreter für Lustenauer Spitzen bewarb. Er war der siebte, mit dem Roswitha ihren Mann seit ihrer Heirat betrog.

In ihrer Sehnsucht war sie Kaspar Bierbommer ähnlich, nur daß sie sich um deren Erfüllung keine Gedanken machte, weswegen die Erfüllung auch ausgeblieben war; denn diese Sehnsucht fordert ein ganzes Leben und nicht nur wenige Stunden.

Sie hatte ihren Mann geheiratet, ohne ihn zu lieben oder nur daran zu denken, ihn je lieben zu können; sondern weil er ein Charakter war, von dem sie annahm, daß er nicht von ihr Besitz ergreifen würde, aber vor allem, weil die Heirat ein Grund war, von zu Hause auszuziehen. Ihr Mann wußte, daß sie Liebhaber hatte, aber er verleugnete sein Wissen vor sich selbst und spielte statt dessen den, der auf ein Wort hin bereit war, seine Zweifel aufzugeben. Als sie nachts vom Heustadel zurückkam und sich neben ihren Mann legte, strich er ihr nur über die Schläfe und fragte sie, wo das Medaillon sei, das sie immer an einer Kette um den Hals trug. Sie hatte irgend etwas geantwortet; und er tat so, als ob er ihr glaube. Am nächsten Tag bat sie ihn wieder, ihr den Peugeot zu borgen, sie wolle einen Ausflug nach St. Gallen machen, und fuhr, nachdem sie ihren Mann beim Amt der Landesregierung abgesetzt hatte, ins Ried, wo sie am Boden des Heustadels das Medaillon fand.

An diesem Morgen hatte sie den Detektiv Oswald Oswald beobachtet. Sie hörte Motorengeräusch, schaute durch einen Spalt in der Bretterwand und sah neben dem Stadel einen Mann mit einem Paket unter dem Arm aus einem Auto steigen; das Auto fuhr ab. Sie wußte nicht, daß der Mann der Freund ihrer Schwester war, denn Rosina hatte nie von Oswald erzählt; aber sie kannte ihn. Zweimal hatte sie ihn im »Interspar« beobachtet; beim ersten Mal, als er zusammen mit einem anderen, beim zweiten Mal, als er allein Waren aus den Regalen stahl. Beide Male hatte Oswald bemerkt, daß sie ihn beobachtete. Sie hatten sich in die Augen geblickt, während er sich die Taschen vollstopfte. Nun sah sie sein angsterfülltes Gesicht, und es war nicht das Gesicht des kühnen Diebes, dessen kinohafte Starre sie im »Interspar« gleichermaßen fasziniert und abgestoßen hatte, sondern ein Gesicht, das den Halt seiner letzten Maske verloren hatte. Dieses Bild nahm sie in ihren Körper auf.

Oswald ging zur Bundesstraße, Roswitha folgte ihm in einigem Abstand. Bei der Lagerhalle aus Wellblech, die im Winkel von Autobahnbrücke und Bundesstraße steht, wartete sie und sah zu, wie er die Fahrbahn überquerte und seine Hand nach Autos in Richtung Bregenz ausstreckte. Auf der anderen Straßenseite hielt ein Lastwagen, der Schweine fuhr; der Fahrer rief etwas aus dem Fenster und ging schließlich zu Oswald hinüber. Sie schienen sich zu kennen.

Sie kannten sich tatsächlich. Der Fahrer hieß Veli Ümit, er hatte Oswald und Pius Bikila wenige Monate zuvor ewige Freundschaft geschworen, weil sie ihn vor den Folgen eines Diebstahls, dessen er zu Unrecht bezichtigt worden war, bewahrt hatten, und nicht nur das.

Veli Ümit war kurz vor Ladenschluß in den »Interspar« gekommen, hatte drei Anzüge, drei Hemden und drei Paar Schuhe nach Augenmaß von den Stangen und Regalen genommen, Anzüge und Hemden über seinen Arm gelegt, die Schuhe an den Schnürsenkeln zu einem Bündel zusammengebunden und sechs Maggiflaschen für sich und seine Kollegen in die Schuhe gesteckt, weil er nicht wußte, wie er sie sonst hätte tragen sollen; denn er war zum erstenmal in so einem großen Geschäft, und die Funktion der Einkaufswagen war ihm nicht klar. Ein Kunde hatte ihn dabei beobachtet und, im Glauben, der Ausländer beabsichtige, die Maggiflaschen zu stehlen, bei einer der Kassen Meldung gemacht. Aber auch Pius Bikila hatte Veli Ümit beobachtet, und als dieser dem Geschäftsleiter vorgeführt wurde, waren er und Oswald zur Stelle, nannten den Herrn, der den Diebstahl beobachtet haben wollte, einen Lügner und führten vor, daß es unmöglich ist, auch nur eine Maggiflasche in einem Schuh zu verstecken. Bei dieser Gelegenheit schmuggelte Pius Bikila in die Manteltasche des Herrn eine Dose Kaviar, die er eigentlich für sein Abendessen geklaut hatte, zauberte sie vor versammelter Zeugenschaft wieder hervor und sagte dem Herrn auf den Kopf zu, er habe den Türken nur deshalb angezeigt, um von sich selbst abzulenken. Der Geschäftsleiter glaubte seinen Detektiven, wenn auch nur aus dem Grund, weil er jetzt den Beweis hatte, daß ihre eineinhalb Monatsgehälter nicht zum Fenster hinausgeschmissen waren.

Veli Ümit, der damals nicht viel Deutsch verstand, aber genug, um unterscheiden zu können, wer Widersacher war und wer Freund, lud Oswald und Pius Bikila nach Wolfurt in sein Dachzimmer ein, das er mit sieben Kollegen über einer ausgebauten Scheune teilte, und dort tranken sie Almdudlerlimonade bis Mitternacht. Ein Kollege von Veli Ümit, der ein wenig mehr Deutsch konnte, erzählte ihnen, Veli Ümit habe die Anzüge, Hemden und Schuhe gekauft, weil er jetzt sehr reich werde, weil er nämlich eine Brücke gekauft habe, und weil jeder, der von nun an über die Brücke fahren wolle, dafür an Veli Ümit bezahlen müsse, und die Brücke sei immerhin auf der Bundesstraße. Nachdem sich Oswald und Pius Bikila fast die Leber aus dem Leib gelacht hatten, machten sie den Türken klar, daß das nicht möglich sei, daß man Veli Ümit mit einem alten Deppenwitz hereingelegt habe. Da waren die Türken bestürzt, denn Veli Ümit hatte sein ganzes Geld und noch fünf halbe Monatsgehälter in die Brücke investiert. Oswald und Pius Bikila ließen sich Namen und Adresse des Brückenverkäufers geben, und noch in derselben Nacht fuhren sie zu sechst in Oswalds VW zu dem Burschen, prügelten ihn aus dem Bett, hielten die ganze Nacht bei ihm Wache und begleiteten ihn am nächsten Tag zur Bank, wo er Veli Ümit das Geld zurückgab. Der wollte mit Oswald und Pius Bikila teilen; die aber wehrten ab, zum Schluß sogar heftig.

Roswitha Rudigehr hörte das Geschrei der Schweine. Sie hatte Blick auf die Weite des Rheintals, wo Autobahn, Bundesstraße und Eisenbahnlinie sich zwischen stählernen Starkstrommasten und Lagerhallen aus Beton und Blech kreuzten. Das alles sah anders aus, wenn man auf den Füßen stand und nicht in einem Auto saß; es war größer, so als stecke man bis zur Hüfte im Boden und sehe mit den Augen eines Schweines.

Dieses Land bedeutete ihr gar nichts, seine Häuser, seine Menschen, die verkrauteten, verschilften Riedwiesen, die Straßen, die Kleidung der Menschen, ihre Gespräche. In jeder Kleinigkeit hätte sie dieses Land erkannt, was aber nicht hieß, daß sie ihm eine Eigenart zugestand; vielmehr schien ihr, daß alles beinahe so war wie irgendwo anders, aber nur beinahe. Sie mochte die nigerianischen Geschäftskollegen ihres Schwagers, die, wenn sie ein paar Tage blieben, kaum den Bereich ihres Hotels, sicher aber nicht Lustenau verließen, das den schwarzen Gästen gar nichts bot, was sie hätte veranlassen können, ihre Tage und Nächte nur hier zu verbringen und nicht etwa nach Bregenz, Dornbirn, Feldkirch oder in den Bregenzerwald zu fahren. Sie vermutete hinter der Interesselosigkeit für dieses Land Verachtung; ein Grund, warum sie diese schwarzen Männer und Frauen mochte; ein anderer Grund war, weil sie von weit her kamen, aus einem Land, wo sie sich vieles für möglich dachte, was hier undenkbar war.

Von diesem Morgen an ließ die Unruhe sie nicht mehr los. Wenn sie die Augen schloß, sah sie Oswalds beide Gesichter vor sich – das angsterfüllte und das kinohaft starre. Zwei Wochen später wurde ihr von einem Abtreiber bestätigt, daß sie schwanger war.

Pius Bikila Bickel hatte am selben Morgen wie an jedem Tag, seit er wieder bei seinem Vater in Bludenz wohnte, lange geschlafen und war geweckt worden von einem Traum. Er hatte Oswald im Gras stehen gesehen, bedroht von Tieren, deren Art er nicht erkennen konnte, und im Traum hatte ihn Oswald gebeten, ihm zu helfen. Da stand er auf, schlüpfte in seine Kleider, vergaß die Rache, die er Oswald geschworen an dem Tag, als er aus der Bregenzer Wohnung hinausgeschmissen worden war, ging in die Küche, wo sein Vater am Bügelbrett saß und Hemden dämpfte, und sagte, er werde das Haus verlassen, um draußen in der Welt das Glück zu suchen. Und er bat, wenn er das Glück nicht fände, zurückkehren zu dürfen.

Dieselben großen Worte hatte er gebraucht, zwei Jahre zuvor, und war doch nur zu Oswald nach Bregenz gezogen. Aber als er dann wieder nach Hause gekommen war und sein Vater ihn begrüßt hatte wie einen verlorenen Sohn, war er gleich wieder gegangen, denn er wollte bei Hartwin Fischer Ratschläge einholen, wie er es anstellen solle, Oswald und Rosina zu entzweien. Hartwin Fischer war gerade dabei gewesen, seine Koffer für eine Afrikareise zu packen, denn er hatte zum Erstaunen und Ärger seiner Mitbewerber vom Stickereiverband die Organisation des Nigeriahandels übertragen bekommen, nachdem sein Vorgänger gerichtlich für tot erklärt worden war; und das, obwohl es andere gab, die in dieser Tätigkeit Qualifikationen nachweisen konnten, und er bis dahin keinerlei Verbindungen zur Textilindustrie unterhalten hatte und im Grunde auch gar nicht wußte, worum es bei dieser Aufgabe eigentlich ging. Es hieß, der Präsident habe sich nach einem einzigen Gespräch unter vier Augen für Hartwin Fischer entschieden. Pius Bikila hatte jedenfalls nichts davon gewußt, als er ihn wegen Oswald und Rosina besuchte. Er habe nicht viel Zeit, sagte Hartwin Fischer, öffnete aber einen der Koffer und nahm das Sechste Buch Mosis heraus, um darin nach einer geeigneten Verwünschung zu suchen. Von da an ließ Pius Bikila keinen Tag vergehen, ohne nach einem komplizierten Ritual zu fluchen. Telephonisch und brieflich warnte er Oswald, verriet aber nicht den Inhalt seiner Flüche, weil er sie eigentlich abstoßend fand und sich davor fürchtete, sie vor Oswald auszusprechen. Oswald kümmerte das nicht, er lebte, von der bodenlosen Stille Rosinas angesteckt, in der täglichen Erfüllung der Sehnsucht, die ihm durch die ständige Wiederkehr jenes Bildes in zwanzig Jahren zur Gewohnheit geworden war. Erst als er Pius Bikila selbst anrief und ihm mitteilte, er werde Rosina heiraten, rezitierte Pius Bikila die Verwünschungen in den Hörer. Eine Woche später war der Mann, der für tot erklärt worden war, wieder da.

Bereits als Zwölfjähriger hatte sich Hartwin Fischer vor Zeugen von einer schwarzen Mamba in den Arm beißen lassen, die Minuten später, hieß es, an seinem giftigen Blick zugrundegegangen sei. Es sei ihm gelungen, sagte man, das Gift in seinem Körper zu entmaterialisieren und in Wellen umzuwandeln und diese irgendwie über die Augen auf die Schlange abzufeuern. Wovon er lebte, wußte man nicht so genau, denn der Handel mit Marihuana, das er daheim in einem Hohlraum hinter der Speisekammer anbaute, konnte nicht so viel abwerfen, daß er davon allein seine teuren Kleider hätte bezahlen können. Seine Mutter und seine Zwillingsschwester, mit denen er zusammenlebte, wußten von dem Marihuanaanbau hinter der Speisekammer; als er in Afrika war, sorgten sie dafür, daß die Stauden nicht eingingen. Zwei Hausdurchsuchungen waren erfolglos geblieben und das, obwohl die Polizisten die Speisekammer betreten und sogar das Regal abgeräumt hatten. Es war ein kompliziertes System von Riegeln, die einer nach dem anderen in bestimmte Richtungen geschoben werden mußten, damit einer der Holme, der scheinbar das Regal hielt, hochgeschoben werden konnte, wodurch sich ein schmaler Durchschlupf in den dahinterliegenden Raum öffnen ließ. Der Raum war mit Silberpapier ausgekleidet, mit einem lautlosen Ventilator belüftet, an der Decke mit Wachstumslampen versehen und bis auf einen schmalen Gang in der Mitte mit Blechkübeln vollgestellt, aus denen langstielig das Marihuana wuchs.

Es gab auch Geschichten über Hartwin Fischer wie diese: Er sei in einem Kreis von Mineralwassertrinkern gesessen, habe eine Flasche Schnaps, zwölf Flaschen Bier und einen großen Krug Most gesoffen und sei nüchtern geblieben, während die anderen im Rausch unter die Bänke gefallen seien.

Von einer anderen Sache wußten nur wenige: Seine Mutter war vor dem Ersten Weltkrieg in Freiburg geboren worden, sein Onkel zwei Jahre später in Braunschweig. Ihre Eltern hatten beide Kinder nach der Geburt photographieren lassen; aber der Freiburger Photograph hatte in den Wirren des ausbrechenden Krieges die belichteten Platten verschlampt. Als dann zwei Jahre später der Braunschweiger Photograph die Bilder von dem Knaben entwickelte, bemerkte er, daß eine Platte schon einmal belichtet worden war, so daß nun zwei Bilder übereinander sichtbar waren. Die Bilder zeigten zwei Neugeborene in verschiedener Umgebung. Die Eltern erkannten darauf ihre Tochter und ihren Sohn. Durch einen Zufall waren die belichteten Platten des Freiburger Photographen in eine Schachtel für unbelichtete geraten und durch einen weiteren Zufall zu dem Braunschweiger Photographen gelangt.

Alle, die diese Geschichte kannten, waren sich einig, daß eine solche Häufung von Zufällen, zumal sie sich über den Geburten der Kinder verdichtet hatten, etwas Dunkles bedeuten und das ganze Leben der beiden und auch das Leben ihrer Kinder beeinflussen müsse. Weil Hartwin Fischer nie darüber sprach, wußte man nicht, ob die Geschichte verbürgt war.

Dasselbe galt für eine weitere Geschichte: Niemand kannte den Vater von Hartwin Fischer und seiner Zwillingsschwester. Ihre Mutter war mit dem Bruder nach dem Zweiten Weltkrieg nach Bludenz gekommen, weil sie in Deutschland, wie man sagte, wegen ihrer Vergangenheit nicht bleiben konnte. Der Bruder hatte bald darauf als Spätberufener angefangen, Theologie zu studieren, worüber alle, die ihn kannten, verwundert waren. Nach dem Studium war er in den Kapuzinerorden eingetreten, der ihn in den Siebziger Jahren zum Rektor in das Schülerheim des Heiligen Fidelis berief, wo er, von den Schülern wegen seiner Unberechenbarkeit gefürchtet, meistens in sich gekehrt, dem Alkohol verfiel. Gerüchte behaupteten, Hartwin Fischer und seine Zwillingsschwester seien die Frucht eines geschwisterlichen Inzests, der gleichsam das Siegel unter dem Fluch ihrer Geburt sei, unter dessen schwerer Last Hartwin Fischers Onkel zusammengebrochen war.

Hartwin Fischer war nur ein halbes Jahr in Afrika geblieben. Als er zurückkehrte, war er blaß und mager, seine Gesichtshaut vernarbt, an manchen Stellen brüchig und blutend, seine Zähne schienen größer, weil sich die Lippen zurückgebildet hatten, die er nur noch mit Mühe schließen konnte. Zu dem entsetzten Pius Bikila sagte er – und auch seine Stimme war verändert –, er ernähre sich nur noch von Milch und Ganzkornbrot, weil er in Afrika erfahren habe, daß es zu einem wirklich gesunden Leben gehöre, vier- bis fünfmal täglich zu scheißen; die hiesige Ernährung biete dafür keine Voraussetzung, und darum helfe er mit Abführmitteln nach.

In Wirklichkeit hatte er eine Krankheit aus Afrika mitgebracht, die an der Innsbrucker Klinik als Porphyria erythropoetica erkannt worden war und Aufsehen erregt hatte. Diese Krankheit war erst im 19. Jahrhundert erforscht worden, galt aber schon als ausgestorben; sie war eine Degenerationserscheinung, die im späten Mittelalter in Adelshäusern vorgekommen war und zu Abscheu und Angst vor dem Patienten geführt hatte, dessen Haut, war sie Licht ausgesetzt, auf Grund des Porphyrinmangels zu bluten begann. Diese Unglücklichen wachten in der Nacht, schliefen am Tag in abgedunkelten Räumen und tranken Blut, um den Blutverlust auszugleichen, bis sie, von ihrer Umwelt gefürchtet und gehaßt, starben.

Pius Bikila merkte wohl, daß Hartwin Fischers Erklärung eine Lüge war; er sah in dessen Krankheit eine Auswirkung der Schwarzen Magie, von der er wußte, daß sie sich eines Tages gegen den, der sie betrieb, richtete. Von da an hatte er Hartwin Fischer nicht mehr besucht. Er bereute, daß er sich von ihm einen Fluch hatte geben lassen, und betete zum katholischen Himmel, daß seine Sünde verziehen werde und Oswald kein Schaden erwachse. Den Traum deutete er als ein Zeichen und als eine Chance, seine Sünde wiedergutzumachen. Er war überzeugt, daß er an diesem Morgen von seinem Himmel mit der Gabe des Hellsehens ausgestattet worden war, damit er Oswald finde, wo immer er auch sein mochte.

Seinen Vater sieht Pius Bikila nie wieder. Engelbert Bickel, groß, schwarz und hager, wird noch mit neunzig Jahren groß, schwarz und hager sein; so groß, daß sein Sarg einer Sonderanfertigung bedarf; so hager, daß drei Spaten breit für sein Grab genügen; und so schwarz, als habe man ihm eine schwarze Mütze übergezogen.

Er hatte seinen Sohn gezeugt im Alter von fünfundvierzig Jahren und dessen Namen dem verdutzten Pfarrer mit der Autorität von Größe, Hagerkeit und Schwärze ins Taufregister befohlen; denn in den beiden Namen – Pius und Bikila – waren die großen Leidenschaften seines Lebens repräsentiert, nämlich der Austrofaschismus und die Leichtathletik.

Als Zwanzigjähriger hatte der hoffnungsvolle Langstreckenläufer Engelbert Bickel die Machtübernahme seines Namenskollegen Engelbert Dollfuß erlebt und war der glühendste Anhänger der Vaterländischen Front geworden. Nach der Ermordung des Bundeskanzlers betrieb er einen Handel mit Reliquien, aber nicht aus geschäftlichen Motiven, sondern aus tiefem Glauben an die segensreiche Wirkung dieser Dinge. Über die Heimwehrverbände gelangte er in den Besitz von zweiunddreißig karierten Taschentüchern, die Dollfuß gehört hatten. Die Taschentücher zerschnitt er in quadratzentimeter große Schnipsel, legte die Schnipsel unter Glas in kleine Bilderrahmen und verkaufte sie. Den Erlös schickte er an Dollfuß' Nachfolger Schuschnigg, der ihm mit einem persönlichen Dankesschreiben antwortete. Den Pfarrer von Bludenz bat er, all seinen Einfluß geltend zu machen, um eine Heiligsprechung von Engelbert Dollfuß einzuleiten.

Die Namensgleichheit schien ihm ein Auftrag, denn wie Engelbert Dollfuß seine politischen Vorstellungen aus der Enzyklika »quadragesimo anno« von Papst Pius XI. abgeleitet hatte, um den göttlichen Willen auf Erden zu verwirklichen, so wollte er, Engelbert Bickel, ein weiteres Glied in dieser Kette – Gott, Papst, Dollfuß – sein; ein glänzender Engel, denn »-bert« leitet sich ab vom althochdeutschen »berath« und heißt »glänzend«; das hatte er aus einem Lexikon.

Als Österreich dem Deutschen Reich eingegliedert wurde, starben seine Eltern und hinterließen ihm einen Lebensmittelladen. Er behielt seine Leidenschaft für den Austrofaschismus bei, äußerte sich aber öffentlich nicht mehr zu Politik und Weltanschauung und blieb hinter dem Ladentisch stehen, als draußen Aufmärsche der Nazis stattfanden. Der Antwortbrief Schuschniggs, eingefaßt in einen protzigen Goldrahmen, der an der Wand über dem Regal mit Nudeln und Reis hing, war die einzige Manifestation seiner Meinung. Seine Überlegenheit über den Nationalsozialismus bewies er bei der Landesleichtathletikmeisterschaft; da gewann er den Zehntausendmeterlauf als einziger Sportler dieser Disziplin, der nicht dem Sportverband angehörte.

Während des Krieges holte er sich ein Gallenleiden, als er in Rußland bei minus dreißig Grad in einer eroberten Stellung Wache stand und einen Literkübel steingefrorener Margarine, den die russischen Soldaten zurückgelassen hatten, entdeckte und restlos in einer Nacht aufkaute. Mit aktivem Sport war es damit vorbei. Als nach dem Krieg ein Trainer für die Leichtathleten des Oberlandes gesucht wurde, war Engelbert Bickel der erste, der in Frage kam. Mit ganzer Leidenschaft gab er sich dieser Aufgabe hin.

Gertrud Spanolla lernte er 1949 kennen; sie war die Tochter eines sozialistischen Lokführers, der sich noch gut an den begeisterten Austrofaschisten Engelbert Bickel erinnerte und seiner Tochter verbot, sich mit diesem »Erzkasiner« und »Vierunddreißigerjahrhenker« zu treffen, und sich auch nicht umstimmen ließ, als Gertrud drohte, von zu Hause auszuziehen.

So lebten Gertrud und Engelbert zehn Jahre zusammen, ohne zu heiraten; aber es war nicht nur der Konflikt mit Gertruds Vater, der sie an der

Eheschließung hinderte, sondern auch Engelbert selbst, der, zwischen Liebe und Weltanschauung hin- und hergerissen, sich nicht entscheiden konnte, eine Frau zu heiraten, die nicht der katholischen Kirche angehörte und mit einem Mann in wilder Ehe zusammenlebte.

Sie heirateten erst, als Gertrud einen Sohn geboren hatte. Bei seiner Geburt war sie allein, denn Engelbert war als Gast des österreichischen Leichtathletikverbandes nach Rom zur Olympiade gefahren. Mit großer Ehrfurcht bewunderte er die Leistung des äthiopischen Marathonläufers Bikila Abebe, der barfuß die zweiundvierzig Kilometer gelaufen war und hinterher kaum Spuren der Erschöpfung gezeigt hatte. Als Engelbert von Rom zurückkam, stand für ihn fest, daß Bikila Abebe der größte Sportler aller Zeiten sei. In der Tatsache, daß zur selben Zeit, als sein Sohn zur Welt gekommen, in der Ewigen Stadt eine Olympiade abgehalten wurde, sah er eine Bestätigung für die Richtigkeit seines Lebensweges. Deshalb entschied er sich im Gedenken an die Enzyklika »quadragesimo anno« von Pius XI. für den doppelten Vornamen: Pius Bikila.

Später erwies sich Pius Bikila für die meisten Sportarten als untauglich. Schließlich trainierte der Vater den Zehnjährigen in der leichtathletischen Disziplin des Gehens. Zwei- bis dreimal in der Woche setzte er ihn auf sein Moped, und sie fuhren nach Schlins, wo Pius Bikila auf der langen geraden Straße nach Satteins Gehen übte. Sein Vater fuhr mit dem

Moped neben ihm her, manchmal hielt er an, um den Gang seines Sohnes von hinten zu begutachten, manchmal fuhr er vor, um ihn von vorne zu sehen. Gertrud war gegen das Training, und Pius Bikila protestierte, indem er sich einen unsportlichen Körper anfraß.

Bald starb Gertrud. Sie war nach dem Essen auf die Toilette gegangen und wurde auf der Kloschale sitzend gefunden. Engelbert Bickel gab sich die Schuld an ihrem Tod. Um sich selbst zu strafen, wollte er den Idealen seines bisherigen Lebens radikal abschwören und den Vornamen seines Sohnes ändern lassen. Aber er schob es immer wieder vor sich her und gab es schließlich auf, nicht zuletzt weil ihm kein anderer Name einfiel, der zu seinem Sohn paßte. Sein gutgehendes Lebensmittelgeschäft ließ er von Angestellten besorgen; er selbst widmete sich dem Haushalt und der Verwöhnung seines Sohnes. Er schickte ihn auf drei verschiedene Gymnasien des Landes, und als Pius Bikila an keinem bestand, nahm er ihn zu sich nach Hause und ließ ihn schlafen bis Mittag und aus dem Laden zu essen holen, was ihm schmeckte. Er sprach mit dem Geschäftsführer des »Interspar«, der ein Schulfreund von ihm war, damit er Oswald und Pius Bikila als Ladendetektive anstelle.

Unter grauem Himmel ging Pius Bikila zur Umfahrungsstraße, und das erste Auto hielt, kaum daß er sich in Position gestellt hatte. Es war ein dunkelblauer Ford Escord, blitzblank geputzt außen und innen. Der Fahrer war der Geliebte von Roswitha Rudigehr, der Vertreter für Lustenauer Spitzen, der sich am Abend zuvor mit dem Reißverschluß seines Hosenladens in ihrem Nylonstrumpf verhakt und in einem Augenblick zwischen Nylonstrumpf und Schwangerschaftsverhütung sich für den Nylonstrumpf entschieden hatte. Dies war seine große Sorge. Er war an diesem Mittwoch in Bludenz verabredet gewesen, und gerade als seine Kollektion über Glastisch und Ledersessel ausgebreitet war, hatte ihm die Sekretärin des Kunden von einem Telephonanruf Mitteilung gemacht: Sein Kollege sei heute morgen in Bregenz von einem Lastwagen überfahren worden. Dies war sein großer Schmerz. Er hatte daraufhin beim Stickereiverband angerufen und war beauftragt worden, bis auf weiteres zusätzlich das Revier des Verunglückten zu übernehmen. Dies war seine große Freude.

Sein Sohn wird ihm nicht ähnlich sehen, und er wird seinen wirklichen Vater nicht kennen.

Roswitha Rudigehr wartete von dem Tag an, an dem sie Oswalds Bild in sich aufgenommen hatte, zwölf Tage, dann borgte sie sich abermals den Peugeot ihres Mannes und fuhr nach Bludenz zu Hartwin Fischer, über den sie gehört hatte, er wende eine Methode der Abtreibung an, bei der man kein schlechtes Gewissen bekomme.

Hartwin Fischer empfing sie nicht, er lag in seinem abgedunkelten Zimmer; über seine Mutter ließ er ihr ausrichten, das Kind werde nicht seinem leiblichen

Vater ähnlich sehen, sondern einem Herrn Oswald Oswald, an den sie während der ersten Tage der Schwangerschaft zu oft gedacht habe. Da wollte sie bezahlen und gehen; aber Hartwin Fischer nahm Geld nur für Abtreibungen und nicht für Weissagungen.

Während der langen Bahnfahrt nach Paris wird Roswitha Rudigehr ihre Sehnsucht erkannt und sich in diesen kurzen Stunden an ein Leben an der Seite von Kaspar Bierbommer gewöhnt haben, der sie im nächtlichen Abteil zärtlich mit seinem Pelzmantel vor der Kälte schützt. Sie wird ihm glauben machen, ihr Sohn sei auch der seine.

Zwei Wochen zuvor war Kaspar Bierbommer nach Götzis gefahren, um noch einmal mit Oswalds Vater wegen der Kleidersammlung zu verhandeln. Von Nachbarn hatte er erfahren, daß jener vor zwei Jahren gestorben sei und das alte Haus leer stehe. Er wartete daraufhin in der Nähe der Siedlung unter dem Dach einer aufgelassenen Tankstelle, bis es dämmerte, ging dann um den Hügel, an dem das Haus stand, herum, sprang über eine Mauer in den Hinterhof und stieg durch ein Fenster in den Keller ein.

Der Anfang des Märchens

Es war einmal ein Mann, der starb, und als er starb, schrieb man das Jahr 1622, aber der Mann war nur um zehn Stunden älter als am Morgen. Er starb weit über dreihundert Jahre vor dem Tag, an dem er für tot erklärt wurde.

Am Morgen war er im Dornbirner Oberdorf vor seinen Bungalow getreten, hatte mit dem Beil einen Ast von einem Baum des Zierwäldchens geschlagen, den Ast zu einem handlichen Stecken zurechtgehauen und sich auf den Weg gemacht. Es war ein trauriger Mann. Wenn er die Augen öffnete und an sich hinunterschaute, schmerzte es ihn, daß ihm das, was er sah, nicht wichtig war.

In dem langen Nachdenken der vergangenen Nacht war ihm klar geworden, daß es die Körper von Gaspard und der Mutter gewesen waren, die ihn als Kind seinen eigenen Körper hatten spüren lassen. Er war immer wieder angelangt bei der Erinnerung an die Nächte, in denen Gaspard zu Besuch war. Das Geräusch des rhythmisch knarrenden Bettes im Schlafzimmer der Mutter, ihre Schreie und die schnell geredeten französischen Worte von Gaspard waren ihm Vertrautheit und Geborgenheit. Wenn ihr Treiben zuende war, hatten nach wenigen Minuten der Stille Gaspard oder die Mutter leise gerufen, ob er schon schlafe, und er war zu ihnen ins Bett gestiegen und hatte sich zwischen sie gedrängt, die nackt auf den Leintüchern lagen und schwer atmeten, und ihre Körper waren ihm weicher und wärmer vorgekommen als am Morgen, wenn sie erwachten – zu dritt unter der großen Zudecke.

Es gab zwei Welten: Die enge Welt war seine Welt, die weite Welt war die Welt Gaspards. Aber weil Gaspard ihn liebte, war die weite Welt nicht verschlossen. Für das Kind war diese Tatsache beglückend; für den Mann blieb nur die Erinnerung an den Wunsch, wie Gaspard zu sein. Und von dem Wunsch hatte er einmal geglaubt, er sei in Erfüllung gegangen, nämlich an jenem Nachmittag auf dem Hohenemser Schloßberg, als er Rosina im Bärlauch sitzen sah.

Dann waren zwanzig Jahre dahin und der Mann ging am Morgen auf dem Fahrradweg, der an der Bundesstraße entlang nach Hohenems führt. Wo vor Ortsbeginn die Tankstellen gewesen waren, lagen zur Linken Felder brach bis zu den Bergen, und zur Rechten über der Bahnlinie war unberührtes Ried mit verstepptem Gras. Wo er gewohnt war, den Fels weiß vom frisch gebrochenen Stein zu sehen, war er dunkelrot und schwarz, seit Jahren unberührt. Die sonst glatte Asphaltdecke der Bundesstraße war brüchig und zerrissen vom Unkraut. Keine Autos fuhren. Die ersten Häuser, deren Fassaden er weiß getüncht und deren angebauten Ställe und Scheunen er umgebaut kannte zu Fremdenzimmern und Sohneswohnungen, fand er grau mit bröckelndem Verputz und zerbrochenen Fensterläden.

In diesem Bild des Gealterten hatte sich die Zeit verjüngt. Denn der Mann war auf seinen, das Gehen nicht gewohnten Beinen in das Jahr 1945 zurückgegangen.

Wenige Meter jenseits der Bahnlinie sah er eine Frau im gelben Gras stehen, und diese Frau war seine Mutter. Aber sie war damals noch nicht Mutter, sondern das Fräulein, das auf Intervention der französischen Besatzungsbehörde im Haus des verschleppten und ermordeten Professors Kaleen bleiben durfte. Sie war unterwegs, um Holz zu sammeln für sich und den Wirt des Gasthauses »Zum Engel«, der ihr für den Winter täglich einen Teller Suppe versprochen hatte, wenn sie ab und zu für dies und jenes zur Hand gehe.

Der Engelwirt war der erste in Hohenems, der nach dem Ende des Krieges seine Gastwirtschaft in Betrieb nehmen durfte, und der Grund dafür war eine Geschichte, die das Fräulein vom Haus Kaleen dem französischen Soldaten Gaspard Poirier in ihrer ersten Nacht erzählt hatte: Der Wirt habe nämlich während des Krieges auch einmal den englischen Sender hören wollen, und weil er Angst vor den Nazis hatte, war er mit dem Radioapparat unter das Federbett gekrochen. Aber mitten im Abhören des englischen Senders habe es wie verrückt an die Tür geklopft, und der Wirt sei vor Schreck erstarrt und habe den Schlafenden gespielt. Aber es habe weitergepumpert, und die Stimme seines Nachbarn habe seinen Namen gerufen. Da habe der Wirt die Tür geöffnet, und draußen sei der Nachbar gestanden und habe, halb sich das Lachen verbeißend, halb närrisch vor Angst, gesagt, der Wirt solle doch, wenn er schon den englischen Sender höre, den Lautsprecher im Schankgarten abstellen.

Gaspard hatte diese Geschichte seinen Oberen erzählt, die lange gelacht und sie ihren Oberen wiedererzählt hatten. Als der Wirt dann um die Erlaubnis ansuchte, seine Wirtschaft wiederzueröffnen, hatte die Geschichte die Runde gemacht, und zwar in reichlich ausgeschmückter Form, und dem angeblich tapferen Antifaschisten war die Bitte gewährt worden. Gaspard sorgte dafür, daß der Wirt erfuhr, wem er letztendlich die Lizenz verdanke, und der Wirt, der noch wenige Wochen vorher selbst zu denjenigen gehört hatte, denen es nicht gefiel, daß die Dienstmagd der Kaleens in dem jüdischen Haus wohnte, kam und reichte ihr die Hand und machte den Vorschlag mit der Wintersuppe. Aber seine Hand war nicht ehrlich gemeint, es war eine geschäftliche Gebärde, die lediglich seinen Gasthausbetrieb sichern sollte. Schließlich konnte niemand so gute Beziehungen zu den Franzosen vorweisen wie das Fräulein. Bald schränkte er sein Angebot ein; er habe durchaus nichts dagegen, sagte er, wenn sich das Fräulein hie und da nützlich mache. Ein Auftrag löste den anderen ab, und so ging das von Mai bis Oktober, ohne daß das Fräulein auch nur einmal einen

Teller Suppe bekommen hatte, denn schließlich war ja noch nicht Winter. Außerdem hätte inzwischen jeder andere dringender einen Teller Suppe nötig gehabt als die, die in französischer Schokolade baden konnte. So günstig es war, sie freundlich zu grüßen, war sie doch eine Fraternisiererin.

Die junge Frau spürte die Verachtung hinter ihrem Rücken; und als ihr die ehrenwerte Witwe jenes Mannes, der beim Abwaschen des riesigen Hakenkreuzes vom Schloßberger Felsen abgestürzt war, ins Gesicht sagte, sie selbst sei ja weiß Gott kein Nazi gewesen, aber wer schon wenige Wochen nach dem Krieg mit dem Feind ins Bett steige, der verdiene sein Leben lang keinen deutschen Mann, da weinte das Fräulein die ganze Nacht vor Scham und Wut und zuletzt vor Gewissensbissen, denn nach all den Tränen war sie mit sich übereingekommen, Gaspard, den sie aufrichtig liebte, mit dem erstbesten dahergelaufenen deutschen Mann zu betrügen und das wenn möglich vor den Augen und Ohren aller Hohenemser, damit den Tratschmäulern der Neid aus allen Löchern gleichzeitig fahre. Ihr war klar, daß sie der Wirt mit der öffentlichen Meinung erpreßte, und gern hätte sie ihm seine Wintersuppe mit einem Schlauch in den Darm gejagt, aber sie wußte nicht, wie ernst es Gaspard mit ihr meinte, ob nicht schon im Winter eine andere seine Konservenbüchsen bekam.

So hatte sie sich an jenem Vormittag auf den Weg gemacht, um beim ehemaligen Steinbruch Holz für sich und den Wirt zu sammeln, als sie auf der Straße einen Mann stehen sah, der sie anstarrte.

Er erkannte seine Mutter, weil sie aussah wie auf der Photographie, die ihm Gaspard bei ihrer Beerdigung geschenkt hatte. Sie aber dachte nur: Er ist ein Deutscher und ein Erstbester und ein Hohenemser ist er nicht, also wird er nach einem Mal keine Ansprüche stellen und wieder gehen, und auch wenn Gaspard von ihm hörte, könnte sie ihn beruhigen, denn dieser Mann wäre inzwischen schon über alle Berge weitergezogen.

Sie nahm den fremden Mann an der Hand und ging mit ihm auf allen Wegen durch Hohenems bis zum Haus Kaleen, und dabei redete sie in einem fort und laut wie zu einem Schwerhörigen. Wenn sie hinter den Fenstern verstohlene Gesichter sah, und es waren solche in jedem Haus, dann schmiegte sie sich an den Mann, als sei sie mit ihm ein Herz und eine Seele. Obwohl es schon Oktober war, ließ sie in ihrem Zimmer das Fenster einen Spalt offen, und als sie aufeinanderlagen, schrie sie, wie sie bei wirklicher Lust nie geschrien hatte, denn alle, die draußen vor dem Haus Kaleen standen – einige von ihnen erinnerten sich, schon einmal in der Kristallnacht hier gestanden zu sein, – alle sollten hören, wie es die kleine, pechschwarze Fraternisiererin mit einem echten Deutschen trieb. Die fünfzehn Zimmer im Haus Kaleen erwachten aus ihren Erinnerungen und wurden fünfzehn Resonanzkästen, die die Schreie hundertfach verstärkten. So wurde der Mann gezeugt, der siebenunddreißig Jahre später für tot erklärt wurde. Denn sein wirklicher Vater war er selbst und nicht Gaspard.

Als er vom Bett seiner Mutter aufstand, war sein Körper noch voll derselben Sehnsucht. Er verließ das Haus, drückte sich draußen an den Leuten vorbei, die ihm, als sei er unsichtbar, keine Aufmerksamkeit schenkten, ging weiter durch das ehemalige Judenviertel, über die Emsbachbrücke und durch die Kastanienallee am Emsbach entlang zur Hauptstraße; und weiter durch zwei Weltkriege nach Süden. Jeder Schritt trug ihn schneller in die Vergangenheit zurück als der vorangegangene. Hohenems, das geliebte, fiel zurück in graue Armut, bis es ihm fremd war. Die Kriege knallten wie Papiertüten. Der Mann begegnete der Mutter der Mutter, die sich ihm im Widerhall der Kriege anbot, und ohne Hoffnung, die Sehnsucht seines Körpers zu stillen, trug er sie im Gehen vor sich her.

Als er im Schwefelbad beim jüdischen Friedhof ankam, war Mittagszeit und die Sonne des Oktobers noch warm. Da setzte er sich ins Farnkraut an der Friedhofsmauer. Er schloß die Augen.

Vor ihm stand in blauweißkarierter Kleiderschürze und in Holzschuhen, aus schwarzen Augen weinend, eine junge Frau. War es die Mutter der Mutter der Mutter oder schon eine nächste?

Sie hieß Kunigunde. Ihr Mann, Alois, war gestorben, und nachdem sie drei Jahre lang jede Stunde des

Tages an ihn gedacht und jedem Menschen, den sie traf, von seinem Forschergeist und den Frauen obendrein von seiner Männlichkeit erzählt hatte, weinte sie jetzt nicht aus Trauer, auch nicht aus Scham, sondern aus Angst und Sorge um ihr Leben. Sie, die Tochter eines Fabrikarbeiters, der sich Bauer nannte, weil er nach zwölf Stunden Arbeit in der Weberei Levi-Rosenthal zu den Kühen »Nella« und »Rosa« und zu dem Schwein, das er nur »Schwein« nannte, in den engen, dunklen Stall ging – sie war vor vier Jahren umworben worden von Alois, dem Sohn eines Bauern, der nur Bauer war, und der die Namen seiner fünfundzwanzig Kühe nur deshalb wußte, weil am Gebälk jedes Kogens ihre Namen auf Emailschildern angebracht waren. Sie war von Alois umworben worden auf die zärtlichste und kühnste Weise, die im Ort bekannt war. Die Mütter des Dorfes erzählten davon ihren Töchtern, wenn sie einen Busen bekamen.

Die Kunigunde sei eines Tages mit Freundinnen auf dem Schloßberg gewesen, und vorne beim Aussichtsplatz, wo der Berg an zwei Stellen steil abfällt, seien sie einer Gruppe von jungen Burschen begegnet, deren einer Alois war. Wie die Mädchen und Burschen miteinander lachten und Späße austauschten, standen Kunigunde und Alois da, versunken im Anblick ihrer Augen, und auf einmal kam ein Wind auf, der Kunigundes Halstuch erfaßte und über den Felsen trug; dort blieb es zehn Meter weiter unten liegen. Alois aber sei über das Holzgeländer des

Aussichtsplatzes gestiegen und unter Lebensgefahr von Wurzelgriff zu Felsvorsprung hinabgeklettert und habe ihr das Halstuch nach einem noch gefährlicheren Aufstieg vor die Füße gelegt.

Von diesem Tag an hatten sie in Hohenems als Paar gegolten. Der katholische Kooperator, der fast jeden Sonntag bei Alois daheim zu Mittag aß und schon am Freitag bei Gelegenheit der Beichte der Mutter mitteilte, worauf er Gusto habe, nannte die beiden einmal spaßeshalber Romeo und Julia, und als der Vater sagte, nein, Alois und Kunigunde, tat der Kooperator schließlich seinen einzigen Einwand gegen die Verbindung kund, nämlich, daß Kunigundes Vater in der Weberei Levi-Rosenthal arbeite, und es nach kanonischem Recht eigentlich mit der Strafe der Exkommunikation belegt werden müsse, wenn ein Christ mit einem Juden unter einem Dach verkehre.

Einmal war Alois für zwei Wochen aus dem Ort verschwunden, und alle sorgten sich mit Kunigunde um ihn. Aber dann kam eine Ansichtskarte aus Konstanz, beschrieben mit Alois' energischer Schrift: Er sei auf nur zwei aneinandergebundenen Baumstämmen auf dem Rhein bis zum Bodensee gefahren und habe den Bodensee auf dieselbe Art bis Konstanz überquert. Nun schließe er sich ganz der Meinung jener Experten an, die dringend eine Neuregulierung des Rheins verlangten, denn er habe mit eigenen Augen gesehen, daß das Anlegen immer höherer Dämme nur dazu führe, daß auch das Flußbett immer höher zu liegen komme, so daß der Rhein bald höher als ein Hausdach über der Talsohle fließe.

Dies alles stand auf der Postkarte. Kunigunde brachte sie zum Bürgermeister und legte sie vor ihn auf den Tisch. Der Bürgermeister soll sehr interessiert genickt haben.

Kunigunde war stolz auf Alois. Er unterschied sich von allen Männern, die sie kannte. Er verfluchte die Kleinherzigkeit dieses Landes und sprach oft davon, mit ihr nach Südamerika auszuwandern.

Ihre Hochzeit fiel auf einen dummen Tag. Sie hatte ihre Monatsblutung. Es war ihr unvorstellbar, sich ihm in diesem Zustand das erste Mal anzubieten. Aber als er das Blut sah, senkte er seinen Kopf und küßte ihre Schamhaare.

Aus der Stube unten hörten sie Alois' Brüder streiten und die Nachbarn gröhlen; im Zimmer daneben ging Alois' Schwester in schwerem Holzschuhschritt auf und ab, die ganze Nacht. Kunigundes Eltern hatten das Hochzeitsfest verlassen, als sich ihre Tochter von ihnen verabschiedete, um im Bett des reichen Bauern ihren ehelichen Pflichten nachzukommen.

Schon am nächsten Tag sprach Alois seinen Plan aus, nach Brasilien auszuwandern. Seine Begeisterung für dieses Land Brasilien riß Kunigunde mit. Einen Monat nach ihrer Hochzeit fuhr er los, allein, um ihr gemeinsames Leben vorzubereiten. Nach einem Jahr werde er sie nachholen.

Alois war drei Jahre fortgeblieben. Als er zurückkam, war es nicht ihretwegen, sondern weil sein Vater und seine Mutter kurz nacheinander gestorben waren und das Erbe geteilt werden mußte. In den drei Jahren hatte Kunigunde auf dem Hof ihrer Schwiegereltern gearbeitet, von ihren Schwägern und ihrer Schwägerin geduldet und wie eine Magd behandelt. Dann saß Alois am Abend bei seinen Geschwistern in der Küche, trug einen weißen Anzug, war braungebrannt und schien größer. Wenn er sprach, sah man seine goldenen Zahnreihen, und bei manchen Worten mußte er überlegen, wie sie in seiner Muttersprache heißen, manche Worte sagte er portugiesisch. Kunigunde setzte sich abseits vom Tisch auf die Ofenbank und blieb den ganzen Abend stumm sitzen.

Alois erzählte. Er habe während der Überfahrt eine Goldplombe verloren, und sein Zahn schmerze, sagte er. Er war ein vornehmer Herr geworden, Teilhaber einer Zigarettenpapierfabrik irgendwo in Rio Grande do Sul und Alleininhaber einer Zigarettenfilterfabrik in der Hauptstadt Porto Alegre. Dann erzählte er von Anfang an, von seiner Reise nach Genua, von der Überfahrt im Zwischendeck dritter Klasse, wo neunhundert Leute zusammengepfercht waren, von der Äquatorfeier auf hoher See, von Haien und Delphinen und von der Landung in Rio de Janeiro. Von dort aus habe er sich ins Landesinnere durchgeschlagen, aber dieses Land sei so unsagbar groß, im Vergleich zu Vorarlberg verhalte es sich wie ein Kartoffelacker zu einem Leintuch. Dreimal sei er von einer Klapperschlange gebissen worden, einmal sogar von einer Cisbel, einer Schlange, nicht grösser als ein Bleistift, deren Gift aber genüge, drei Pferde umzuhauen; aber er habe überlebt und nicht einmal weitererzählen habe er das dürfen, denn dann hätte man ihn für einen untauglichen Aufschneider gehalten.

Kunigunde glaubte ihm jedes Wort.

In Porto Alegre sei er auf dem Imigraçao, dem Einwanderungsbüro, dem persönlichen Adjutanten des Generals Deodoro da Fonseca begegnet, einem gewissen Ferdinand Schmitz, einem uralten, auf die Hälfte seiner ursprünglichen Körpergrösse zusammengeschrumpften Greis, der sein Geld mit dem Verkauf von Kopien klassisch europäischer Gemälde verdiene, die er, auf ein handliches Format verkleinert, selbst male. Dieser Ferdinand Schmitz habe ihn, Alois, in die Politik dieses Landes eingeführt, das seit der Revolution des 15. November 1889, die Schmitz an der Seite seines Generals entschieden habe, eine Republik sei, freier als jede andere Republik dieser Erde. Eines Nachts, mitten im Saufen, habe ihm Ferdinand Schmitz von seinem Schwiegerurenkelsohn erzählt, der eine kleine Papierfabrik leite, eher schlecht als recht. Schon hundertmal habe er ihm geraten, von Papier auf Tabak umzusteigen, aber dieser dumme Lümmel nehme seinen Rat nicht an, weil er, man stelle sich vor, Papier liebe. Und in dieser Nacht habe er, Alois, den rettenden Einfall gehabt, Papier und Tabak in Form von Zigarettenpapier zu vereinen. Ferdinand Schmitz habe ihn brüllend ein Genie genannt, und noch in derselben Nacht seien sie zu seinem Schwiegerurenkelsohn gegangen, hätten ihn aus dem Schlaf geklopft und damit die Grundlage für künftigen Reichtum gelegt. Aber er, Alois, habe das Geld nicht verpraßt, sondern gespart und von den ersten zehntausend Milrais habe er eine Zigarettenfiltermanufaktur gegründet, die, das sei jetzt schon abzusehen, bald ertragreicher sein werde als die Zigarettenpapierfabrik seines Kompagnons.

Alois' Erzählung nahm kein Ende, und er wurde immer ungeduldiger. Nach jedem Satz saugte er an seinen Zähnen, aber noch kein Wort hatte er an Kunigunde gerichtet. Sie führte seine Ungeduld auf den Zahnschmerz und die Beharrlichkeit seiner Geschwister zurück, die jetzt, da es schon zwei Uhr war, Ehemann und Ehefrau noch immer nicht allein ließen. Schließlich stand Alois auf und befahl ihr, ins Bett zu gehen und dort auf ihn zu warten.

Kunigunde ging. Sie wartete die ganze Nacht, erst am Morgen schlief sie ein. Sie träumte von dem Fluß, der so breit war wie von Bregenz nach Innsbruck und von bleistiftkleinen, gelben Schlangen und von Wolken handtellergroßer Schmetterlinge.

Als Alois mit seinen Geschwistern allein war, fing er wieder von vorne an. Dieser Ferdinand Schmitz, ein Einwanderer aus Braunschweig, sei in Wirklichkeit gar nicht der persönliche Adjutant des Generals Deodoro da Fonseca gewesen, sondern sein Stallknecht und da nur einer von siebzehn, und der Schwiegerurenkelsohn betreibe auch nicht eine

Papierfabrik, sondern arbeite in einer solchen, und auch er selbst sei weit davon entfernt, eine Zigarettenfiltermanufaktur zu leiten. In Wirklichkeit sei er nach drei Jahren harter Entbehrungen jetzt, da er vom Tod der Eltern erfahren habe, zum erstenmal in einer besseren Situation; er habe nämlich einen Posten als leitender Angestellter beim Kanalprojekt in Panama angeboten bekommen, allerdings nur, wenn er eine bestimmte Summe als Vermittlungsgebühr auf den Tisch lege. Deshalb ersuche er seine Geschwister, ihm sein Erbteil auszubezahlen.

Von Panama habe man auch in Vorarlberg lesen können, sagte Alois' Bruder, dort sei es ja auch nicht viel anders als hier, dann hätte er ja gar nicht erst auswandern brauchen, dort sollen sich ja auch die Juden den ganzen Reibach unter den Nagel reißen.

Alois verbiß sich den Widerspruch, er wollte keinen Streit; er brauchte das Geld, länger als drei Wochen beabsichtigte er nicht in Europa zu bleiben.

In Wahrheit fristete er sein Leben in Porto Alegre als verachtenswürdiger Zutreiber von Arbeitskräften für einen schwedischen Facendeiro. Sein feiner Anzug war seine Arbeitskleidung, seine goldenen Fingerringe waren nichts wert, gehörten zu seiner Ausrüstung; seine Aufgabe bestand darin, im Augenblick, wenn Ferdinand Schmitz, der Arbeitskräftewerber, ein paar deutsche Einwanderer auf dem Imigraçao in ein Gespräch verwickelt hatte, aufzutreten als der gemachte Mann, der zufällig auf derselben Facienda arbeitete, wohin Ferdinand Schmitz die

Leute soeben vermitteln wollte. Dann spann er das Gespräch, zahlte Biere, blickte auf seine falschgoldene Taschenuhr und verabschiedete sich wieder, nachdem er zwei Schluck von seinem Bier getrunken hatte, denn mehr als drei eigene Biere durfte er nicht als Spesen beanspruchen und so ließ er von Auftritt zu Auftritt die zwei Schluck, die er nahm, vom Wirt wieder nachgießen. Seine eigene Zukunft stand ihm als Ferdinand Schmitz vor Augen, dessen bauernfängerische Erzählungen von dem General Deodoro da Fonseca er nicht mehr hören, und dessen Bilder, die er hinter dem Rücken des Facienderos an die angeworbenen Einwanderer verschacherte, er nicht mehr sehen konnte. Bevor ihm der Tod seiner Eltern mitgeteilt worden war, hatte er von einer Expedition nach Ecuador gehört zu einem Berg, der zu zwei Dritteln aus Gold und zu einem Drittel aus Diamanten bestehe, wo man sich nur zu bücken brauche, um vom Bettler zum Millionär zu avancieren. Für diese Expedition suchte man Leute, er hatte sich gemeldet, war aber abgelehnt worden, weil er das Pfand von zweitausend Milrais nicht bezahlen konnte. Sein Erbanteil sollte die Rückreise nach Brasilien und das Pfand begleichen, und es würde noch eine Summe übrigbleiben, für den Fall, daß jener Berg nur aus Stein war.

Als Kunigunde erwachte, lag Alois schnarchend neben ihr. Sie umarmte ihn; er schrak auf und schob sie beiseite. Der Zahnschmerz fuhr ihm in die Wange, und ohne sie anzusehen, sagte er, er betrachte ihre

Ehe als den Bach hinunter; jedenfalls werde er sie nicht mit nach Brasilien nehmen.

Alois starb drei Tage später auf dem Operationstisch, und Kunigunde war davon überzeugt, ihr Fluchen habe ihn getötet. Aber er war gestorben an den Folgen einer Blinddarmentzündung. Als die Ärzte den Wurmfortsatz entfernt hatten, fanden sie in ihm die abgebrochene Goldkrone eines Backenzahns. Alois' Geschwister erklärten Kunigunde die Rechtslage, die ihnen ein Anwalt dargelegt hatte. Sie habe das Recht, auf dem Hof ihres verstorbenen Mannes Fruchtgenuß zu beanspruchen, aber weil sie kinderlos sei, falle das gesamte Erbe, soweit es österreichischer Gerichtsbarkeit unterliege, an die Blutsverwandten ihres Mannes. Da trug Kunigunde den Kopf sehr hoch und sagte, sie erwarte ein Kind, es sei in der Nacht nach seiner Ankunft gezeugt worden.

Zuhause in ihrer Kammer blieb sie starr drei Tage lang, dann beschloß sie, nach einem Fremden Ausschau zu halten. Und wer ist fremder als ein Mann, der für tot erklärt worden war.

Der Anfang der Sage

Der Fahrer des blauen Escord redete von der ersten Minute an, ohne auch nur einmal zur Seite zu schauen. Pius Bikila fragte, wohin es gehe, und bekam keine Antwort. Tatsächlich hatte der Mann bis dahin noch nie einen Autostopper mitgenommen, und auch diesmal war es nur geschehen, damit Pius Bikila seinen Traum einlösen und Oswald zu Hilfe kommen konnte.

Es war der sauberste Autofahrer, der an diesem Mittwoch von Bludenz nach Bregenz fuhr, ausgesucht worden; er hatte einen schwarzen Vollbart, und seine Haut war dunkel gebräunt vom Skifahren auf dem Schesaplanagletscher, die Augen waren hellblau, kalt und unbeweglich wie bei Kindern, wenn sie vom Spielen müde in die Luft glotzen. Er fuhr wie der Teufel, über alle Geschwindigkeitsbegrenzungen hinweg. Wie sein Leben war auch seine Rede. Pius Bikila hörte, was er sagte, schaute aufmerksam in das Gesicht, das lebhaft war wie eine Marionette; aber er verstand nicht, was der Mann sagte. Manchmal fing er einen Satz auf und drehte ihn in seinem Kopf herum, bis er nicht mehr wußte, wie er ihn je würde gebrauchen können, und als ihm dann einfiel, daß der Satz ja in einem Zusammenhang gestanden hatte, konnte er den Zusammenhang nicht mehr herstellen, denn der Mann war schon zwanzig Sätze weiter.

Der schlanke saubere Körper des Mannes war eine schmutzige Hütte, und der fette Bauch von Pius Bikila war ein prächtiger Palast. Weissagungen kehren ein in Paläste und meiden die Hütten, und während der Mann nicht wußte, daß ihn seine Geliebte, Roswitha Rudigehr, aus dem Kopf geschlagen hatte, wußte Pius Bikila, wo sich Oswald im Augenblick befand.

In Feldkirch fing es zu regnen an. Auf der anderen Seite des Schattenburgtunnels war die Fahrbahn naß. Bei der Mauer des Kapuzinerklosters standen hintereinander drei Autostopper. Ihre Aktentaschen hielten sie gegen den Regen über die Köpfe. Der Mann redete noch, als sie nach Feldkirch auf die Autobahn fuhren, und er redete auf der Autobahn elf Kilometer lang. Als Pius Bikila durch den Regen den grauen Rücken des Kummenberges sah, gab sein Bauch das Wissen an seinen Kopf weiter: dort mußte er aussteigen. Aber weil er nur eine Jacke anhatte und darunter nur ein weißes Nylonhemd, an dem zwei Knöpfe fehlten, und der Regen inzwischen dezimeterhoch vom Asphalt der Autobahn zurücksprang, wünschte sich Pius Bikila Zweifel an seiner Weissagung. Jetzt, da zum erstenmal im Leben eine in ihm war, redete er sich ein, es handle sich wieder nur um ein Spiel, das sein Hirn schon so oft mit ihm getrieben hatte, und er wäre weitergefahren, wenn nicht der Mann im blauen Escord seinen Verstand wieder gefunden hätte. Dem fiel ein, was an diesem Tag und am Abend davor geschehen war, und er schaute auf Pius Bikila, und seine Augen waren nicht mehr starr, und in seinem Gesicht war alle Verachtung, die er unter seinem schwarzen Vollbart sichtbar machen konnte, und er dachte: Dieser bekommt keine Frau, nicht einmal zum Schwängern, und er hat keinen Kollegen, der ihm ein Revier hinterläßt, wenn er stirbt; also bin ich in meinem Unglück doch der Glücklichere.

Er bremste, beugte sich über Pius Bikila, öffnete ihm die Wagentür und knuffte in den Bauch dieses Unschuldigen.

Den freien Kopf gegen den Regen überquerte Pius Bikila die Autobahn, ging an der schrägen, von Sprengkanälen gekerbten Felswand des Kummenbergdurchstichs zurück, ließ schließlich Berg und Autobahn hinter sich und schritt weit aus. Die Riedwiese gab wie ein Polster unter seinen Füßen nach.

Hier traf er Oswald Oswald, der das Paket mit dem Pelzmantel zum Schutz gegen den Regen über den Kopf hielt. Inmitten von fünfzehn Schweinen stand er. Die quietschten und rüsselten im Dreck und glänzten vor Nässe, umgaben ihn wie eine lebendige Mauer. Pius Bikila mußte ihm zurufen.

Veli Ümit, der Türke hatte Oswald auf der anderen Straßenseite gesehen und angehalten. Oswald mußte zuerst seine Erinnerungen ordnen. Die Schweine auf der Ladefläche des Lasters erschreckten ihn, wie ihn alles Tierische in diesem Augenblick erschreckt hätte, weil noch das Bild des blutigen Hundekopfs vor seinen Augen stand. Auf der anderen Straßenseite sah er Roswitha Rudigehr bei der Wellblechhalle stehen, aber er erkannte in ihr nicht die Frau, die ihn zweimal beim Stehlen im »Interspar« beobachtet hatte.

Veli Ümit stieg aus, kam zu Oswald herüber und hüpfte vor Freude um ihn herum und rief immer denselben Satz: »Weißt du noch, die Brücke, jetzt kann ich besser Deutsch.«

Er war hager und grau geworden. Zwei andere Türken kamen dazu, gaben Zeichen, daß sich Veli Ümit nicht aufhalten solle, daß sie es eilig hätten; aber Veli Ümit sprach mit ihnen und zeigte auf Oswald. Da reichten sie Oswald die Hand. Er müsse nach Bregenz, sagte Oswald. Ob er nicht einen kleinen Umweg machen könne, fragte Veli Ümit, nur zehn Minuten, sie hätten eilig etwas zu erledigen, dann würden sie ihn nach Bregenz fahren, und er müsse sie alle zu sich nach Hause einladen.

Oswald stieg ein; es war ja nicht sicher, ob ihn in der nächsten halben Stunde ein anderes Auto mitnähme, und wenn sie tatsächlich nur zehn Minuten zu tun hätten, würde er noch rechtzeitig in seine Wohnung kommen, um die Herdplatte abzuschalten, und wenn der Emailtopf inzwischen zersprungen wäre, wäre dies auch nicht der größte Schaden.

Beim Anfahren ließ Veli Ümit die Kupplung schnellen. Der Laster machte einen Satz nach vorne, und ein Schwein fiel über die schmale Brüstung der Ladefläche. Die anderen Schweine schrien. Oswald saß allein im Führerhaus des Lasters, als die Türken das Schwein wieder auf die Ladefläche hievten. Durch das Fenster sah er Roswitha Rudigehr über die Wiese gehen, zurück, woher sie gekommen war.

»Die Schweine müssen ins Ried gebracht werden«, sagte Veli Ümit. Ihr Chef habe ein Transportunternehmen in Wolfurt und die Schweine gehörten seinem Nachbarn; aber der Nachbar habe Schulden beim Chef; und deshalb müßten seine Schweine ins Ried gebracht werden; dann könne der Nachbar sehen, wie er sie wieder heimholen wolle; denn er sei nämlich auf den Chef angewiesen, weil der ein Lastauto habe, aber das werde der Chef dem Nachbarn nicht zur Verfügung stellen.

Inzwischen waren sie bei der Autobahnauffahrt Dornbirn-Nord, und Oswald fragte, wo sie die Schweine denn abladen wollten, er müsse nach Bregenz.

»Hohenems«, sagte Veli Ümit.

»Altach«, sagte ein anderer Türke.

Das sei ihm zu weit, sagte Oswald, er wolle hier aussteigen.

Aber nein, sagte Veli Ümit, das sei gar nicht weit, und die Schweine würden sie einfach abladen, einfach den Kipper hoch, und dann würden sie Oswald fahren bis vor seine Haustür.

Veli Ümit redete. Der Nachbar arbeite in der Schweiz, der werde dumm schauen, wenn er am Abend nach Hause kommen und sehen werde, daß sein Haus ausgeräumt und die Frau nicht mehr da und der Knecht im Spital seien – und das alles wegen der Schulden. Der Chef zahle ihnen, wie sie dasitzen, Veli Ümit, Ihsan Bulut und Ömer Büyük, im Sommer eine Fahrt nach Istanbul. Darum würden sie auch die Sache für den Chef erledigen; denn Schulden dürfe man nicht machen. »Weißt du noch, die Brücke, jetzt spreche ich besser Deutsch.«

Oswald sagte, er danke ihnen vielmals, aber bei der Ausfahrt Dornbirn-Süd wolle er aussteigen, er habe nämlich zu Hause einen Topf auf der glühenden Herdplatte stehen.

«Ein guter Witz«, sagte Veli Ümit.

»Ganz und gar nicht«, sagte Oswald.

Warum er denn mit einem Paket unter dem Arm in Lauterach an der Straße gestanden sei. Oswald gab keine Antwort.

Er sagte kein Wort mehr, bis sie bei der Ausfahrt Altach/Mäder die Autobahn verließen und in Richtung Rhein ins Ried einbogen. Als sie mitten in einer feuchten Wiese hielten, stieg Oswald aus und rannte davon. Hinter sich hörte er Veli Ümit rufen, aber er verstand nichts, denn die Schweine schrien so laut. Er hörte den Motor der Kipperhydraulik, und im Laufen drehte er sich um und sah die Schweine übereinander aus dem schiefgestellten Kipper rollen. Mit hochragender Ladefläche fuhr ihm der Laster nach. Oswald sprang über einen Graben; da gaben die Türken auf und fuhren davon.

Oswald setzte sich außer Atem ins Gras und umschlang das Paket mit dem Pelzmantel; es war ihm zum Heulen. Hinter sich hörte er das Grunzen der

Schweine. Sie waren ihm nachgelaufen. Als er aufstand und wegging, liefen sie wieder hinter ihm her.

Da hatte er sich Pius Bikila herbeigewünscht, weil der listenreich war und treu; und Oswalds Wunsch war in Pius Bikilas Traum gedrungen und hatte ihn geweckt, und eine Stunde später hörte er seinen Namen rufen und sah Pius Bikila im Regen auf sich zukommen. Kein Gedanke, ob es Zufall war oder ein Wunder, denn der lustige Pius Bikila, der, hätte er tatsächlich ein Wunder freigehabt, die toten Tiere der Welt wieder zum Leben erweckt haben würde, tanzte johlend zwischen den Schweinen herum, gab ihnen freundliche Schuhinarsche und vertrieb in Nullkommanichts Oswalds Gram.

Die Schweinehetze war ein Glück. Pius Bikila setzte sich auf eine Sau, die warf ihn ab. Oswald hielt sich länger, weil er in die Schweinsohren griff. So ein Gelächter war selten gewesen zwischen ihnen. Bald rannten ihnen die Schweine aus dem Weg, sie hinterher. Eine Sau mit Nashornkopf drehte sich zu ihren Verfolgern. Aber Pius Bikila war der Torero, und es rollten übereinander Sau und Mensch.

Dreckig wie Flaschenputzer verließen sie den Ort und gingen zur Autobahn. Oswald legte dem kleineren Pius Bikila den Arm um die Schulter und erzählte von seinem wilden Tag. Es sei doch seltsam, daß ihn der abgerissene Hundekopf mehr entsetzt habe als der abgerissene Männerkopf. Das werde wohl Oswalds Liebe zur hilflosen Kreatur sein, sagte Pius

Bikila und erzählte, daß er sich vor Monaten ein Pappschild um den Hals gehängt habe und vor einem Bauernhof auf- und abgegangen sei, um gegen den Bauern zu protestieren, der seinen fünfunddreißig Kühen die Hörner habe absägen lassen. Das sei nun wirklich etwas anderes, sagte Oswald, hätte man den Kühen die Euter abgeschnitten, dann wäre der Protest berechtigt gewesen, aber Pius Bikila könne ja nicht Hörner mit Köpfen vergleichen und schon gar nicht mit einem Menschenkopf, und außerdem wisse man sowieso nicht, wozu Kühe überhaupt Hörner haben. Da fange es aber genau an, sagte Pius Bikila, Oswald sähe eben die Kuh ausschließlich unter dem Aspekt ihrer Euter, derweil in ihren Hörnern, wer weiß, vielleicht ihre Selbstachtung liege. In diesem Fall gehe es um Hundeköpfe und Männerköpfe und nicht um Selbstachtung, sagte Oswald. Auf Selbstachtung lasse sich alles zurückführen, sagte Pius Bikila, warum zum Beispiel ein weitläufig Bekannter immer noch im Spital liege und vermutlich sogar nach Innsbruck in die Klinik transportiert werden müsse – warum? –, weil er den Jodelweltrekord von dreizehneinhalb Stunden habe brechen wollen. Sicher, sicher, sagte Oswald, nur gehe ihn das nichts an und sei ihm auch völlig wurscht, denn seine eigene Selbstachtung stehe im Augenblick auf dem Herd in seiner Wohnung, vermutlich weißglühend und auch das sei ihm inzwischen wurscht. Darauf könne er gar nichts antworten, sagte Pius Bikila, denn Owald habe ihn schließlich vor einem Jahr aus der Wohnung geschmissen und damit auch einiges an Selbstachtung zerstört, aber das nur nebenbei. Er habe längst eine neue Wohnung, sagte Oswald, und was vor einem Jahr war, daran könne er sich nicht mehr erinnern, es falle ihm schon schwer, die Erinnerungen an den heutigen Tag zu ordnen. Er brauche sich nicht zu entschuldigen, sagte Pius Bikila, verzeihen könne er alles, vergessen nichts. Von Entschuldigen sei nie die Rede gewesen, sagte Oswald und Pius Bikila: Es habe aber so geklungen, und eigentlich habe er ein Recht darauf, um Verzeihung gebeten zu werden. Oswald: Hier ein abgerissener Männerkopf und ein abgerissener Hundekopf, da ein beleidigter Pius Bikila. Und dieser: Oswald habe ihn ja nicht ausreden lassen, als er von dem entfernten Bekannten habe erzählen wollen. Er habe es schließlich mit eigenen Augen miterlebt, wie der aus dem letzten Loch gejodelt habe, und zwar vor versammeltem Publikum; das sei nämlich erst in der letzten halben Stunde gekommen und habe ihn vorher dreizehn Stunden lang allein jodeln lassen, und gekommen sei es nur, um zuzusehen, wie die Selbstachtung eines Mannes flöten gehe. Mit Pius Bikila könne man nicht reden, sagte Oswald. Und mit Oswald habe man noch nie reden können, sagte Pius Bikila.

Sie saßen am Autobahndamm und starrten auf die Erde. Jeder suchte in sich nach Groll auf den anderen, und als sie nur Zuneigung fanden, umarmten sie sich und lachten.

Dann erzählten sie sich einmütig von der Camembertkiste, die sie in der ersten Woche im »Interspar« geklaut hatten. Sechsunddreißig runde Schachteln waren in der Kiste gewesen, und in jeder Schachtel sieben Käseecken, und nachdem sie vier Käseecken zum Abendbrot gegessen hatten, waren noch zweihundertachtundvierzig Camembertecken übriggeblieben. Die hatten sie ausgepackt und in drei Nylontaschen gesteckt und waren damit in den Wald gegangen, wo Oswald einen Ameisenhaufen wußte. Um den Haufen herum hatten sie die weißen Käse zu einem Kreis gelegt, dann hatten sie Pfeile aus Pappe an Bäume genagelt und darauf geschrieben: »Zur Käseausstellung.« Eine Woche später war über die Sache in den »Vorarlberger Nachrichten« ein Leserbrief abgedruckt worden.

Das Streiten und Erzählen und Lachen hatte sie warm gehalten. Aber nachdem sie gestritten, erzählt und gelacht hatten, saßen sie immer noch da und bald starrten sie wieder auf den Boden. Die Kleider hingen schwer und naß an ihnen. Pius Bikila fror, und Oswald fror, und Pius Bikila sagte, er wolle etwas trinken, habe aber kein Geld. Oswald sagte, er habe Geld, aber es sei Schweigegeld, fünftausend Schilling, blutiges Geld, blutig von einem Männerkopf und einem Hundekopf. Oswald solle bitte nicht wieder damit anfangen, sagte Pius Bikila, wenn es ihn störe, von blutigem Geld Rotwein zu kaufen, werde er sich auch mit Weißwein zufrieden geben.

Oswald sagte, er wisse, wo sie umsonst etwas zu trinken bekommen, nämlich keine zwei Kilometer von hier in Götzis im Haus seines Vaters, denn sein Vater sei gestorben und seine Mutter und seine Brüder seien ausgezogen und das Haus stehe leer und der Weinkeller sei voll.

Da fiel Oswald der Fellmantel ein, und er rannte zurück zu der Stelle, wo sie mit den Schweinen ihre Gaudi gehabt hatten. Die Schweine waren nicht mehr da; das Paket mit dem Mantel war durchnäßt und zerrissen, Fell schaute heraus.

Das Paket lag an derselben Stelle, wo der Mann, der für tot erklärt worden war, unter den barmherzigen Schlägen eines astigen Knüttels sterben wird.

Die Schweine waren zu einem Hochspannungsmasten gelaufen und standen um den Betonsockel, in den das Stahlgerüst gegossen war. Ihre Köpfe hatten sie Pius Bikila zugewandt, der beim Damm der Autobahn auf der Leitplanke saß, mit den Beinen baumelte und sich mit den Händen links und rechts festhielt. Von weitem schien er halslos, und sein Kopf ein Hügel zwischen seinen Schultern. Oswald riß das durchnäßte Papier von dem zusammengerollten Mantel; der sog sich voll Wasser und wurde schwer. Wer keine Wohnung mehr habe, dürfe nicht auf einen Mantel verzichten, sagte Oswald.

Sie überquerten die Autobahn und gingen an der alten Ziegelei vorbei zur Bahnunterführung. Oswald war guter Laune, an seine Bregenzer Wohnung dachte er ohne Sorge.

Er freue sich auf die Badewanne in seinem Elternhaus, sagte er, und hinterher aufs Weintrinken und

Fernsehen. Das Haus sei doch sicher abgesperrt, wie sie denn überhaupt hineinkommen, fragte Pius Bikila. Es sei ein kompliziertes Haus, sagte Oswald, er sei vielleicht der einzige, der dieses Haus wirklich kenne. Bevor er hinausgeschmissen worden war, habe er dafür gesorgt, daß er jederzeit wieder hineinkomme.

Sie waren jetzt im Ortskern von Götzis, und obwohl es nicht mehr regnete, behielt Oswald den Pelzmantel übergehängt. Die wenigen Leute, die auf der Straße waren, blickten ihnen nach. Seit dem Abend, als ihn sein Vater zur Tür gebracht und er sich unter seinem Arm, der die Tür aufhielt, hindurchgeduckt hatte, hatte er Götzis nie mehr anders als durch das Zug- oder durch das Autofenster gesehen. Eine angenehme Wehleidigkeit stieg in ihm hoch.

Oswald redete mit Pius Bikila über Filme, während sie auf der Hauptstraße durchs Dorf gingen; erzählte, daß er Wald Disneys »Susi und Strolch« achtmal angeschaut und beim achten Mal festgestellt habe, daß ihn nichts zum Weinen bringe außer Zeichentrickfilme; daß er inmitten einer Schar gleichgültiger Kinder mit Tränen auf den Wangen die Nachmittagsvorstellung verlassen habe.

Nachdem sie das Dorf hinter sich hatten und an der backsteinernen Stickereifabrik vorbeigingen, erzählte Oswald, daß hier in der Nähe vor langem ein Mädchen gewohnt habe, dessen Busen mit neun Jahren schon so entwickelt gewesen sei wie der Busen von Anita Ekberg, die Hüften aber noch knabenhaft, weswegen die Eltern eingewilligt hatten, ihre Tochter in einer Spezialklinik in Los Angeles untersuchen zu lassen; Flug, Aufenthalt und alles andere habe die Klinik bezahlt. Die Tochter aber habe nach einem Jahr Untersuchung auch Hüften bekommen wie Anita Ekberg und gewachsen sei sie obendrein, und da habe sich der behandelnde Arzt in sie verliebt und bei den Eltern per Luftpost um ihre Hand angehalten, und die hätten nur eine Bedingung an ihre Zustimmung geknüpft, daß nämlich die Trauung in der Pfarrkirche Götzis abgehalten würde; und so war es auch geschehen. Am Tag der Trauung gab es mitten auf der Hauptstraße eine Schlägerei zwischen einem Betrunkenen und dem Vater der Braut, und zwar weil der Betrunkene gefragt hatte, ob das Töchterlein, wo es jetzt mit einem Arzt verheiratet sei, ihren Körper der Medizin vermacht habe, oder ob das Kuriositätenkabinett in Schloß Amras bei Innsbruck doch noch hoffen dürfe. Der Betrunkene sei auf dem Weg ins Krankenhaus Hohenems an seinen Verletzungen gestorben, der Brautvater habe sich in der Untersuchungshaft das Leben genommen, die Brautmutter sei wahnsinnig geworden und würde noch heute vor dem Fernseher in Schreikrämpfe ausbrechen, wenn in einem Film ein Schauspieler auftrete, der in einem anderen Film bereits getötet worden war. Die kleine Anita Ekberg und ihr Gatte aber seien schnurstracks nach Amerika zurückgekehrt. Und dort hätten sie durch einen Zufall tatsächlich die echte Anita Ekberg kennengelernt.

Ununterbrochen redete Oswald auf Pius Bikila ein. Bei dem Kiosk neben der Pfarrkirche hatte er ein Fernsehprogramm gekauft und gelesen, daß am Abend im Zweiten Deutschen Fernsehen »Die Kameliendame« gesendet werde. Ganz im wörtlichen Sinn wollte Oswald das Elternhaus in Besitz nehmen, nämlich sitzend vor dem Fernseher.

Er sei so scharf aufs Fernsehen, daß ihm eigentlich egal sei, was laufe, sagte Pius Bikila. Allerdings wenn es die »Kameliendame« sei, um so besser. Ob er denn überhaupt wisse, wer in der »Kameliendame« die weibliche Hauptrolle spiele, fragte Oswald. Die Frage sei bösartig, weil zu leicht, sagte Pius Bikila, aber er werde sich nicht auf Oswalds Spiele einlassen, inzwischen kenne er den Ablauf dieser Spiele schon viel zu gut und er hoffe, mit einem schlichten »Greta Garbo« sei die Sache erledigt. Schon, schon, sagte Oswald, und wenn er jetzt auch noch wisse, wie der weibliche Star in dem Film »Es wächst ein Baum in Brooklyn« heiße, gebe er sich zufrieden. Ganz wie er es sich vorgestellt habe, sagte Pius Bikila, Oswald müsse sich wirklich neue Spiele überlegen, die alten stinken schon zum Himmel. Schließlich, sagte Oswald, handle es sich hier nicht um Pius Bikilas Füße, sondern um ein Meisterwerk des Films. Und Pius Bikila: Auch das sei typisch für Oswald; wenn ihm einer kontere, werde er niederträchtig. Und Oswald: Ob Pius Bikila denn noch nie etwas von Dorothy McGuire gehört habe. Pius Bikila: Weder der Film noch diese Person existierten, da gehe er jede

Wette ein. Oswald: Sapperlot, er komme sich vor wie ein Emigrant, der in seinem Kopf die letzten Kulturgüter gerettet habe.

Wieder war es kein ernster Streit. Aber seinen letzten Gedanken hielt Oswald fest. Und der trieb in seinem Kopf ein tröstliches Spiel. Bald war er sich selbst eine vertraute Figur, eine Zara Leander aus dem Film »Zu neuen Ufern«, die, nach jahrelanger Haft, unschuldig verbüßt, in das Gesicht ihres einstigen Geliebten blickt; oder ein Humphrey Bogart in »Casablanca«, der, von einer pausbackigen Ingrid Bergman gedemütigt, eine behagliche Einsamkeit verbreitet. Er ging durch Götzis, als bestehe es aus Potemkinschen Häusern. Er war sicher, den hölzernen Turm des Feuerwehrhauses in einem Film von Roberto Rosselini gesehen zu haben. Er wußte nicht, daß in seinem Kopf Film und Wirklichkeit in ihren unendlichen gegenseitigen Abbildungen durcheinandergeraten waren, so daß er Teile seines eigenen Lebens in Filmen besser spiegelte als in der Erinnerung.

Der Götzner Feuerwehrturm war tatsächlich in einem Film von Roberto Rosselini verwendet worden, aber auch in anderen Filmen; zum ersten Mal in »Greed« von Erich von Stroheim. Der Film umfaßte zweiundvierzig Teile; zweiunddreißig davon wurden im Auftrag der Metro-Goldwyn-Mayer herausgeschnitten – auch alle Teile, in denen der hölzerne Turm vorkam. Der Turm war entworfen und gebaut worden von Lorenz Bendel, dem Sohn Vorarlberger

Auswanderer, der in Hollywood in dem Ausstattungsbüro arbeitete, das Erich von Stroheim für seinen Film engagiert hatte. Nach 1945 kehrte Bendel in die Heimat seiner Eltern zurück und ließ sich in Götzis als Baumeister nieder. Er erhielt den Auftrag, an das alte Feuerwehrhaus einen neuen Schlauchturm zu bauen. Die Pläne des Greed-Turmes hatte er aus Hollywood mitgebracht und so ersparte er sich Arbeit, indem er denselben Turm aufstellte.

Was Lorenz Bendel nicht wußte, war, daß der Holzturm Jahre später zum Symbol für den Kampf gegen die selbstherrliche Zensur der großen Filmfirmen würde; der Holzturm soll sogar, aus Spreißel in handlicher Größe nachgebaut, als hölzerner Anti-Oscar in Künstlerkreisen Beliebtheit erlangt haben, wenn es darum ging, die unangenehmste Produktionsgesellschaft zu küren. Besonders während der McCarthy-Ära hatten viele Regisseure, die noch drehen durften, ihre heimliche Sympathie mit den unter Berufsverbot leidenden Kollegen dadurch zum Ausdruck gebracht, daß in ihren Filmen, mehr oder weniger motiviert, ein hölzerner Turm zu sehen war. Auch von Filmschaffenden in Europa, besonders in Italien, wurde dieses Symbol in einige ihrer Filme übernommen.

Oswald hatte davon erfahren während der Zeit, als er in Berlin war und jeden Tag nicht nur einmal ins Kino ging. Allerdings hatte er den hölzernen Turm in den Filmen nicht in Verbindung mit dem Schlauchturm beim Feuerwehrhaus in Götzis gebracht. So war es geschehen, daß ihn jetzt, da er nach so vielen Jahren wieder zu Hause war, dieser Turm an Filme von Roberto Rosselini erinnerte und nicht an seine Kindheit.

Vor ihnen gabelte sich die Straße, eine führte parallel zu den Bergen durch das Ried nach Hohenems, die andere der Bahnlinie entlang in Richtung Lustenau. In dieser Gabelung steht die aufgelassene Tankstelle, auf dessen weitausladendem Betondach der Heilige Fidelis Oswalds Bruder Benedikt zum ersten Mal erschienen war. Links davon an einem Hügel, der nach Norden hin zu steilem Fels abfällt, war das Elternhaus von Oswald; ein grauer Steinbau aus drei Stockwerken, beinahe turmähnlich schmal. Der südliche Teil des Hügels und ein großer Teil der Wiesen und Felder hatten früher zum Haus gehört. Oswalds Vater hatte nach und nach die Böden verkauft, bis schließlich nur noch das Haus selbst und der dazugehörende Stadel, der Innenhof und ein Fleckchen Wiese übriggeblieben waren. Von dem Geld hatten der Vater, die Mutter und acht Söhne gelebt, denn Oswalds Vater war nie einer Arbeit nachgegangen.

Die Grundstücke hatten Leute gekauft, die darauf Einfamilienhäuser bauten, einstöckige weiße; eines mit einem vom Hausherrn selbstentworfenen Wappen neben der Tür, fachmännisch aus der weißen Tünche gekratzt; ein anderes mit einem in Fraktur geschriebenen Spruch:

> Wechselnde Pfade
> Schatten und Licht
> Alles ist Gnade
> Fürchte dich nicht

Manche Besitzer hatten inzwischen angebaut; andere auf ihrem Grundstück ein zweites Haus errichtet. Die Gärten waren gepflegt, die Wieschen teppichartig gemäht und ausgezupft. Die Wiese bei Oswalds Elternhaus dagegen war ungemäht, verkrautet und im Frühsommer gelb vom Hahnenfuß. Statt eines Zaunes standen neben der Straße Schilfrohre, denn seit die Kanalisation neu verlegt worden war, konnte das Wasser vom Hügel nicht mehr abfließen. Manchmal hatte ein Nachbar mit einem Motormäher die Straße überquert und einen zwei Meter breiten Streifen abgemäht. Aber Oswalds Eltern hatten darauf nicht reagiert; ein Zaun oder eine Mauer waren nicht errichtet worden.

Die Leute begannen sich die »einen« zu nennen und die, die im großen, groben Haus wohnten, die »anderen«. Die »einen« mieteten von einer Brauerei Tische und Bänke für ein Gartenfest, die »anderen« waren nicht geladen, und sie wären einer Einladung auch gar nicht gefolgt. Einmal waren die »einen« zusammengekommen, hatten getrunken und sich auf einen Einheitszaun geeinigt, damit die Sache etwas gleich schaue. Seither war jedes Grundstück mit einem silberbronzegespritzten Maschendraht umgeben. Das war zu der Zeit, als Oswald von zu Hause wegging.

Aber diese Einheitlichkeit blieb nur so lange bestehen, wie die Söhne der Besitzer noch halbwüchsig waren. Als sie dann heirateten und an ihre Elternhäuser rucksackähnliche Erweiterungen bauten oder auf die Gemüsegärten eigene Häuser pflockten, gaben sie dem Generationenwechsel auch in den Zäunen Ausdruck, indem sie dunkelgebeizte, sich überkreuzende Holzpfähle einschlugen, deren oberen Enden gefährlich zugespitzt waren. Später gab es diese Zäune als sogenannte Jägerzäune zu einsachtzig langen Teilstücken, fixfertig montiert, in den Supermärkten zu kaufen. Zu den äpfel-, birnen- und zwetschgentragenden Bäumen wurden norwegische Blautannen, immergrüne Tujen, Essigbäume und Goldregen gepflanzt. Da diese Gewächse bald mehr Platz benötigten, wurden die äpfel-, birnen- und zwetschgentragenden Bäume umgehauen. Auch die drei letzten Mostbirnenbäume, die noch vom alten Anwesen übrigwaren, wurden gefällt, weil im Herbst ihre Blätter die Reinigungspumpen der Swimmingpools verstopften, die zwischen Elternhäusern und Sonneshäusern ausgehoben worden waren. Für die Tische und Bänke der Brauerei war längst kein Platz mehr in den Gärten. Als die Frauen der angebauten Söhne Kinder bekamen, wurden auf die restlichen Quadratmeter begehbaren Bodens je eine Wäschespinne, eine Schaukel und ein aktenkoffergroßer Sandkasten gestellt, so daß Swimmingpool, Tulpenbeet, Sandkasten, Schaukel, Wäschespinne, Grill nur mehr erreicht werden konnten, indem auf mindestens je eines getreten wurde.

Die Enkel der Siedler, lederbehoste Buben und Mädchen, mußten ihre Spiele auf der Straße spielen, und an Sonn- und Feiertagen, wenn dort die Autos ihrer Väter standen und mit Ohrfeigen und Hausarrest vor Bällen und Dreirädern geschützt wurden, schlichen sie auf die wilde Wiese hinter dem groben, großen Haus und spritzten Nähmaschinenöl, das sie von ihren Müttern geklaut hatten, in die Grillenlöcher. Später zur Hauptschulzeit, als sie erstens gelernt hatten, selbst auf ihre Kleider achtzugeben, und zweitens, daß es in der Siedlung die »einen« und die »anderen« gibt, sah man sie ratlos an den dunkelgebeizten Jägerzäunen ihrer Eltern oder an den silberbronzebemalten Maschendrahtzäunen ihrer Großeltern stehen.

Wie vor Jahren ihre Väter, trafen sich nun auch die Söhne, aber nicht in einem ihrer Häuser, sondern im Ort in einem Gasthaus, wohin sie sich am Morgen auf der Straße, neben ihren Autos stehend, verabredet hatten. Sie waren sich einig, daß das alte Haus, von dem der Putz bröckelte, den Charakter der Siedlung negativ präge. Zu Hause in den Betten erzählten sie ihren Frauen, was aus dem Treffen geworden war. Gemeinsam hätten sie einen Brief verfaßt, den werde einer abtippen und mit den Unterschriften aller, auch der Frauen, an Oswalds Vater schicken. So kam es, daß jener, der am besten Schreibmaschine schreiben konnte, am nächsten Tag zur Mittagszeit von Haus zu Haus ging, die Unterschriften einholte und eine Viertelstunde früher als gewöhnlich zur Arbeit fuhr, weil er vorher noch beim Postamt Götzis, zwei Kilometer entfernt, einen Brief aufzugeben hatte, und zwar rekommandiert.

Oswalds Mutter las den Brief und warf ihn ins Klo. Ein zweiter Brief, im Ton noch deutlicher als der erste, folgte dem ersten ungeöffnet nach.

Seit das Haus nach dem Tod von Oswalds Vater leerstand, hatten sich die angebauten Söhne ein drittes Mal getroffen und einen dritten Brief verfaßt, aber diesmal adressiert an das Gemeindeamt Götzis. Darin forderten sie – und wieder standen alle Unterschriften auf dem Papier –, man solle das alte Gebäude abreißen, es sei baufällig, störe das Gesamtbild und locke, jetzt da es leer stehe, Gesindel an. Die Gemeinde schickte einen Vertreter. Der sah in den neunzehn Ehemännern achtunddreißig Wählerstimmen und zeigte Verständnis.

Gemeinsam besichtigten sie das Haus von außen, den Innenhof und den Stadel. Zwei Wochen lang hatten sich die »einen« auf den Besuch des Gemeindevertreters vorbereitet, indem sie ihren Müll auf den Hof der »anderen« warfen. Der Gemeindevertreter war jedoch ohne ein Versprechen gegangen.

Da schrieben sie einen vierten Brief, diesmal an den Bürgermeister. Darin schlugen sie vor, die Kapelle an der Hauptstraße, die, wie man gehört habe, ja ohnehin der Verbreiterung der Straße zum Opfer falle, anstelle des häßlichen Hauses wiederaufzubauen. Da das allgemeine Interesse über Eigenegoismus – so das Wort, das sie verwendeten – stehe, läge hier ein Fall vor, wo man durchaus eine Enteignung in Betracht ziehen könnte. An die Front des alten Hauses legten sie eine Leiter an und schlugen den Verputz herunter. Aber in das Haus einzudringen wagten sie nicht.

Oswald wußte von alledem nichts. Dennoch nahmen er und Pius Bikila nicht den direkten Weg auf sein Elternhaus zu. Sie gingen um den Hügel herum und kamen, von der nichtverbauten Seite aus, durch das Gras von hinten an das Haus heran. So waren sie vor eventuellen Blicken der Nachbarn durch das Steingebäude und den breiten Stadel geschützt. Sie mußten vom Hügel über eine zwei Meter hohe Mauer in den Innenhof springen. Dort sahen sie das Bild der Verwüstung: aufgeplatzte Nylontaschen, aus denen leere Milchtüten quollen, Kaffeesatz, aufgeweichte Zigarettenstummel, Kartoffelschalen, Joghurtbecher, schwarze Bananenschalen, Konservenbüchsen, Ketchup-Flaschen, Weinflaschen, Shampooflaschen, Schaumbadflaschen, verkrustete Senftuben, Klarsichtverpackungen, tote Grillen, tote Igel, tote Vögel, tote Ratten und eine tote Katze.

Pius Bikila war unbehaglich zumute; er sagte, sie sollten doch lieber gehen, man könne den Wein ja auch in einem Gasthaus trinken, Oswald habe immerhin fünftausend Schilling, und bei Geld sei es schließlich egal, woher es komme. Er sprach leise und mit vorgehaltener Hand. Oswald stand unbeweglich. Dazu fiel ihm nichts ein.

Zum Hof hinaus führte die Küchentür, rechts und links waren Beete für Schnittlauch und Petersilie, jetzt zertreten. Zur einen Seite hin war der Hof offen und verjüngte sich zur Einfahrt. An der anderen Seite war er begrenzt von dem Holztrakt, der einmal Stall und Scheune gewesen war. Seit sich Oswald erinnern konnte, war das Gebäude leergestanden; bis auf zwei Jahre jedenfalls, in denen es an einen Berliner Maler als Atelier vermietet worden war.

Dieser Maler hatte im dritten Stock des Hauses unter dem Dach ein Zimmer gehabt und den Stadel mit wenigen Mitteln und vielen wuchernden Farnen zu einem gemütlichen Atelier ausgebaut. Eines Tages war er nicht mehr dagewesen.

Ein halbes Jahr später kam Benedikt zur Welt, und Oswald wußte, daß der deutsche Maler Benedikts Vater war. Benedikt war gezeugt worden in dem kleinen Büroverschlag, den sich der Maler in der Mitte seines Ateliers gebaut hatte. Es waren vier aneinandergeschraubte Fensterwände und eine Tür, zweieinhalb Meter hoch und nach oben zum Dachstuhl hin offen. In dem Verschlag standen sein Skizzentisch, ein Regal und ein altes Ledersofa.

Oswald, damals vierzehn Jahre alt, hatte sich im Gebälk des Dachstuhls eine Welt geschaffen, dort fror er im Winter und schwitzte im Sommer, legte über Querbalken Bretter und auf die Bretter eine alte Matratze; niemand kannte seine Verstecke, von unten war er nicht zu sehen. Auch über dem Büro des Malers hatte er ein Versteck eingerichtet. Durch ein Astloch in einem Brett konnte er hinunterschauen. Dort lag er, las Sigurd-, Tarzan- und Tiborheftchen. Von dort aus sah er seine Mutter das Atelier betreten, hörte sie mit dem Maler flüstern und sah, wie sie in den Verschlag gingen und die Rolläden an den Fensterwänden herunterließen. Er lag im Zenit über ihren Köpfen, als sie sich umarmten und küßten. Er sah, wie sie sich gegenseitig auszogen und sich aufs Ledersofa legten. Der breite Rücken des deutschen Malers begrub unter sich den Körper der Mutter, und wären nicht ihre Schenkel gewesen, die seine Hüften umklammerten, hätte es von oben ausgesehen, als gälten seine regelmäßigen Bewegungen dem ledernen Sofa. Jeden Tag wiederholte sich diese Szene mittags, wenn der Vater im Haus im Schlafzimmer lag und so laut schnarchte, daß man ihn durch das offene Fenster in den Hof und vom Hof ins Atelier hören konnte. Oswald hockte im Dachstuhl und schaute zu.

Dann war der Maler abgereist, ohne sich von der Familie zu verabschieden und ohne die drei Monatsmieten zu bezahlen, die er noch schuldig war. Das Atelier ließ man so, wie es war, auch den kleinen Büroverschlag mit den Fensterwänden zum Atelierraum. Die Farne verdorrten, wo sie der Maler hingestellt hatte, wurden grau und verstaubt. Bald verwandelte sich das freundliche Atelier, ohne daß etwas verändert worden wäre, in seinen früheren Zustand eines ungebrauchten Stadels zurück.

Der Stadel war abgesperrt, die Fenster mit Brettern vernagelt. Oswald ließ sich von Pius Bikila die Räuberleiter machen und konnte so die Regenrinne des tief heruntergezogenen Stadeldaches erreichen. Wo der Stadel an das Haus stieß, war mit Teerpappe abgedichtet worden. Oswald riß ein Stück ab und kroch durch ein Loch in den Dachstuhl des Stadels. Durch das offene Gebälk turnte er in den Hohlraum zwischen Dachboden und Dachvorsprung des Hauses, rutschte über papierene Wespennester und Rattenkot zu einer bestimmten Stelle, an der einige Bretter lose waren, und stieg in den Dachboden des Hauses ein. Hier hatte er vor vielen Jahren, nämlich am selben Abend, als er vor seinen Vater getreten war und den Namen »Gaspard« ausgesprochen hatte, einen Hoftürschlüssel versteckt. Jetzt öffnete er von innen die Tür zum Hof und ließ Pius Bikila ein.

Der ging scheu hinter Oswald her, blickte über dessen Schulter in die Zimmer des Hauses, in denen man kaum etwas erkennen konnte, weil das Tageslicht von den Fensterläden abgehalten wurde.

Nur Oswald, der älteste, und Benedikt, der jüngste, hatten ein eigenes Zimmer besessen; die anderen Söhne, Florian, Karl, Werner, Ferdinand, Arthur und Günther hatten zu je dreien geschlafen; sie waren zu je dreien aneinandergewachsen in der Abfolge ihrer Geburten und zu je dreien getrennt worden durch die Aufnahmekapazität ihrer Zimmer. Florian, zwei Jahre nach Oswald geboren, bekam eine eigene Wiege in ein eigenes Zimmer gestellt, und die Wiege blieb stehen, wo sie war, als nach wiederum zwei Jahren Karl geboren wurde. In Wirklichkeit waren die Brüder von ihrer Mutter sortiert worden nach jenen Männern, die sie gezeugt hatten. Denn keiner ihrer acht Söhne hatte den Herrn des Hauses zum Vater.

Der letzte Raum, in den Oswald Pius Bikila führte, war sein ehemaliges Zimmer. In der Dunkelheit konnten sie nicht viel ausmachen; es schien leer zu sein.

Er wolle baden und seine Kleider waschen, sagte er, und Pius Bikila solle gefälligst dasselbe tun, denn falls er es selbst noch nicht gemerkt habe, er stinke nach Schwein und nach Pius Bikila Bickel, und diese beiden Gerüche, die da gegeneinander anstinken, seien einer neutralen Nase nicht zuzumuten. Die Zeiten, sagte Pius Bikila, da er sich von Oswalds Zynismus habe tyrannisieren lassen, seien endgültig vorbei, jeder Mensch habe einen Körpergeruch, und er, Pius Bikila, habe gelernt, zu dem seinen zu stehen; diese parfumierte Gleichmacherei sei auch eine Form der Entmenschlichung. Oswald: Daß Pius Bikila eine unverwechselbare Ausdünstung habe, gebe er gerne zu, ob sie allerdings unter die Kategorie Körpergeruch falle, bezweifle er. Pius Bikila: Es habe sich nichts geändert, Oswald rede gleich wie immer, an einem bestimmten Punkt beginne er an der Sprache herumzudoktern. Das interessiere ihn aber nicht. Oswald: Wenn ihn die Sprache nicht interessiere, könne er ja gleich auf sie verzichten und grunzen wie ein Schwein, was ohnehin einige Widersprüche lösen würde. Pius Bikila: Ein Schwein rieche immerhin nach Schwein, und man erkenne es am Geruch und am Grunzen. Bei Oswald rieche man nicht einmal den Menschen, und man müsse ihn erst reden hören, um feststellen zu können, daß er ein Schwein ist.

Pius Bikila drehte sich um und ging ohne ein weiteres Wort durch die Küchentür in den Hof hinaus. Oswald rief ihm nach, er solle bleiben, inzwischen müsse er ihn doch so gut kennen, um zu wissen, daß er es nicht ernst meine.

Sie gingen in die Waschküche, studierten die Gebrauchsanweisung der Waschmaschine, zogen sich aus und stopften die Kleider in die Trommel. Sofort stank der Keller nach Pius Bikilas Haut; aber Oswald sagte nichts. Er ließ ihn vor sich in die steinerne Wanne steigen, wusch ihm die Haare mit kaltem Wasser und seifte seinen Rücken ein.

Er habe noch gar nicht nach dem Tod seines Vaters gefragt, sagte Pius Bikila. Er wolle aber nicht indiskret sein und auch nicht in einer Wunde rühren. Man rühre in einem Topf mit Gulaschsuppe, aber an einer Wunde, sagte Oswald, aber Pius Bikila brauche sich gar nicht um geschwollene Ausdrücke zu bemühen, denn sein wirklicher Vater sei ein anderer gewesen, nämlich irgendein französischer Besatzungsschwanz.

In Wirklichkeit hatte sich Pius Bikila nicht an Oswalds Zynismus gewöhnt. Für ihn ließ sich Trauer nur mit Trauer ausdrücken und Freude nur mit Freude; für den Haß war der Haß da und für den Schmerz der Schmerz. Wie hätte Pius Bikila wissen können, daß Oswalds böser Satz über seinen leiblichen Vater in Wirklichkeit hätte heißen sollen: Ich bin der Sohn meiner Mutter.

Die Mutter war Oswald unvorstellbar. Ihr Gesicht war immer anders gewesen; nicht das einer Schauspielerin, die eine Rolle spielt, sondern einer, die für die Dauer eines Films diese oder jene Person ist. Oswald sah, daß im Kino eine zweite Welt existiert, daß der Zuschauer zwischen Erlöschen der Lichter und dem Fallen des Vorhangs nur einen Ausschnitt dieser Welt einsieht, die in Wirklichkeit ohne Unterbrechung und nur in einem anderen Ablauf der Zeit als die Welt außerhalb des Kinos weiterexistiert.

In der Welt des Kinos war alles berechenbar, und da war Oswald nicht der Zyniker. Da weinte er bei Traurigkeit und lachte bei Freude. Es war ihm immer, als habe er im Gesicht der Mutter jeweils nur einen Ausschnitt aus einer zu der seinen parallel verlaufenden Welt gesehen. War es nicht möglich, daß sich die Welt der Mutter in der Geschwindigkeit von vierundzwanzig Bildern in der Sekunde bewegte? Er hatte diese Überlegungen weitergesponnen zu einem System, dabei aber immer gewußt, daß es Blödsinn war, von zwei Welten zu sprechen, aber genauso Blödsinn war, diese zu leugnen.

Oswalds Mutter war es beschieden, im Kopf ihres Sohnes zu wohnen wie eine Kinofigur – wirklich und unwirklich in einem. Welche Frau gebiert schon außerhalb der Leinwand acht Söhne, die sie von vier verschiedenen Männern empfangen hat! Oswald auf dem Stein, der das Teufelsohr genannt wird, empfangen von einem eifersüchtigen Franzosen; Florian, Karl, Werner in einem großzügigen aufbrausenden Chevrolet, empfangen von einem großzügigen aufbrausenden Amerikaner; Ferdinand, Arthur, Günther in verschiedenen Hotels über der Grenze in der Schweiz, empfangen von einem warmherzigen, gnädigen Herrn aus Wien; Benedikt auf einem Ledersofa, empfangen von einem nervösen deutschen Maler.

Als Oswald und Pius Bikila in Leintücher gehüllt nach dem Baden ins Wohnzimmer traten und sahen, daß kein Fernseher da war, standen sie starr. Oswald wußte einen Augenblilck lang mit seinem Leben nichts anzufangen. Benedikt hatte den Fernseher versetzt, um die Schulden zu bezahlen. Erst nach einer Weile ging Oswald in den Keller und holte Wein.

Im Keller, an die gemauerte Wand gelehnt, stand Kaspar Bierbommer. Er war gerade dabeigewesen, das Haus zu durchsuchen, als Pius Bikila und Oswald sich Eintritt verschafften. Er meinte, es seien Diebe, und versteckte sich auf der Kellertreppe und belauschte sie hinter angelehnter Tür. Als die beiden an ihm vorbei in die Waschküche gegangen waren, trat er hervor und wollte das Haus verlassen. Im Flur sah er den Pelzmantel liegen, nach dem er das Haus zuvor abgesucht hatte; er war naß und verschmutzt, also mußten ihn die beiden mitgebracht haben. Bierbommer war wieder in den Keller geschlichen und hatte gewartet. Wenn nicht anders möglich, wollte er vor die beiden hintreten und ihnen einen Preis für den Mantel nennen. Aus den Gesprächen hatte er entnommen, daß Oswald der Sohn des Mannes war, dem er vor Jahren die Kleider verkauft hatte. Er wollte ihnen die Sache erklären und ein großzügiges Angebot machen.

Das Ende des Märchens

Alle Frauen, denen der Mann, der für tot erklärt worden war, an diesem Tag begegnete, waren auch seine Töchter; Frauen mit schwarzem Haar, kurzgeschnitten, borstig, schwarz auch im Gegenlicht der Sonne. Alle hatte er sie gezeugt, die eine hatte die andere geboren, und die letzte, die die erste war, hatte ihn geboren.

Die liebte er. Die hatte keine Angst, weder vor den Gaffern, die gesehen hatten, wie sie mit einem deutschen Mann in das Haus Kaleen ging, noch vor dem eifersüchtigen Gaspard. Am selben Tag nämlich, als sie den Fremden mit in ihr Zimmer genommen hatte, war einer der Zuhörer auf der Straße zu dem französischen Besatzungssoldaten Gaspard gegangen. Und Gaspard war auf der Stelle nach Götzis zu der Frau gefahren, die gerne französische Zigaretten rauchte und Nußschokolade aß. Er ließ sie in seinem Jeep neben sich Platz nehmen, und sie fuhren in die Berge. In der warmen Herbstsonne legten sie sich auf den großen, flachen Stein, der das »Teufelsohr« genannt wird; und während sie in der einen Hand eine französische Zigarette und in der anderen Hand einen Riegel Nußschokolade hielt und abwechselnd kaute und rauchte, legte er sich auf sie.

Tags darauf trieb ihn das schlechte Gewissen, und

er gestand, was er, und entschuldigte sich damit, warum er es getan hatte.

Sie, die Mutter, die Tochter, die Enkelin, die Urenkelin desselben Mannes und immer seine Frau begegnete ihm wieder, sie war da, als er das sumpfige Ried durchwanderte zwischen Hohenems und Götzis, das in jedem Frühling vom Rhein überschwemmt wurde. Sie war es, die als älteste von fünf Kindern um die Mittagszeit im Schatten eines Mostbirnenbaumes saß, genau an jener Stelle, wo hundertfünfzig Jahre später eine aufgelassene Tankstelle stand. Er erkannte sie an ihren borstigen schwarzen Haaren, an dem zarten langen Hals; aber ihr Gesicht war blaß und in der Haut verstaubt.

Die anderen Kinder, das jüngste noch nicht acht Jahre alt, waren ihre Geschwister, die lachten nicht und scheuten sich nicht und blickten nach dem fremden Mann, weil sie das Geräusch seiner Schuhe im Gras wahrnahmen. Die Kinder waren ihrer ältesten Schwester gefolgt, die heute morgen den falschen Weg eingeschlagen hatte, als sie, anstatt nach Feldkirch in die Fabrik, in die entgegengesetzte Richtung gegangen war. Sie wußte nicht, wohin der andere Weg führte, war in ihrem Leben nur zehn Kilometer von zuhause weggekommen, nach Süden, nach Feldkirch, wußte nur, daß im Norden vor dem Bodensee Kartoffeln, hinter dem Bodensee Äpfel und Kirschen sind.

Sie war in die andere Richtung gegangen, weil am

Abend zuvor ein gebeugter Mann, den der Vater als Vetter begrüßt hatte, in ihr holzgenageltes Haus getreten war. Der Vetter hatte einen Handwagen draußen stehen, in dem waren Äpfel und Kirschen, und er sagte, das sei seine Ernte, schöne Laternser Kirschen, von ganz oben, vom Berg. Der Vater sagte danke, und der Vetter ging. Dann nahm der Vater Hacke und Schaufel und vergrub Äpfel und Kirschen, und die Kinder mußten dabei helfen. Denn die Äpfel und Kirschen durfte man nicht essen, weil alle Laternser an der französischen Krankheit litten.

Weil der Mann, der auf sie zukam, fremd aussah wie ein Franzose, glaubte das Älteste der Kinder, das mit den schwarzen struppigen Haaren, er leide an der Krankheit, derentwegen man Eßbares in den Boden vergräbt. Das Mädchen betrachtete ihn ohne Erstaunen. Ob er wisse, wo die Bauern die Karfreitagseier vergraben, fragte es ihn. Er verstand nicht. Die Eier, die der Pfarrer am Karfreitag weiht, große Körbe voller Hühnereier und Enteneier, die die Bauern dann wieder mitnehmen und im Boden vergraben. Der Mann nahm das Mädchen an der Hand und zog es hinter sich her zum nächsten Mostbirnbaum. Die Kinder folgten ihnen; er schickte sie zurück, sie sollten warten. Er drückte das Mädchen an den Stamm des Baumes und hob die Schürze. Der Lauf der Welt wird sich ändern, wenn er an ihr vorübergeht. Er werde ihr die Stelle zeigen, sagte er.

Als er die Augen öffnete, sah er die Kinder im Kreis um sie herumstehen. Dann ging er von ihnen, sie liefen ihm nach. Die Karfreitagseier, riefen sie. Da zeigte er mit dem Stock vor sich auf den Boden. Die Kinder begannen zu graben. Die seine Frau gewesen war, stand dabei und rührte sich nicht. Die Kinder fanden die Eier, es waren weiße und braune Hühnereier und große Enteneier. Sie hackten sie mit ihren kleinen Fingern auf und tranken sie aus. Die Schalen warfen sie zu einem Haufen. Bald war der Haufen so groß, daß er von dem dahinter sitzenden Jüngsten nur noch den Kopf sehen konnte.

Am frühen Nachmittag stieg im Ried kniehoch der Nebel auf, und das breite Band der Berge, die das Rheintal im Osten säumen, schien mit der Talsohle in einem parallel schwebenden Verhältnis zu stehen, als sei die Schöpfung noch nicht endgültig ausgesprochen. Auf den Mann zu bewegte sich ein Karren, gezogen von zwei Ackerpferden, und auf dem Wagen standen Männer Rücken an Rücken, die Ellbogen aneinandergebunden, weshalb sie sich vornüber beugen mußten, und die Knie aneinandergebunden, so daß es im milchigen Licht aussah, als trage je ein Beinpaar zwei Rümpfe. Es waren fünf doppelte Gestalten, die der Wagen trug; aber einer war an Händen und Füßen an ein Gestell gebunden, das an den hinteren Teil des Wagens genagelt war. Links und rechts des Fuhrwerks gingen Gendarmen, Bajonette auf ihre Gewehre gepflanzt, und dem Wagen nach liefen Frauen, in dunkle Tücher gehüllt, und Männer in schwarzledernen Beinkleidern.

Als der Zug den Mann erreicht hatte, gab ein

Gendarm ein Zeichen, und der Fuhrmann ließ die Pferde anhalten. Die Gendarmen hielten die Gewehrmündungen auf den Mann gerichtet, schauten ihn aber nicht an, und indem sie geradeaus starrten, riefen sie im Chor:

>»Des sein der Mörder Tschofen
>mit seiner Mordsbagage.
>Dem heizens schon den Ofen
>für seinen kalten Arsch.«

Dann nahmen sie die Gewehre wieder ins Lot, und der Zug setzte sich in Bewegung. Der Mann, den sie an das Gestell gebunden hatten, war Franz Joseph Tschofen, der einen Kreishauptmann, einen Bürgermeister und einen Oberamtsrat im Kloster St. Peter bei Bludenz ermordet hatte. Die Leute, die hinter dem Wagen hergingen, paßten auf, daß die Gendarmen den Tschofen und die anderen nicht schon vor der Ankunft in Bregenz fertigmachten.

Weit als letzte hinter dem Zug her ging die Schwarzhaarige, auf die der Mann gewartet hatte. Er sprach sie an, sie antwortete französisch, er fragte französisch zurück, warum sie französisch spreche, und sie antwortete wieder französisch, sie habe diese Sprache als Saisonarbeiterin in Graubünden gelernt, aber dann sei die Saisonarbeit von den Verfluchten verboten worden, und jetzt habe sie keine Arbeit mehr, aber die Verfluchten hätten kein Leben mehr, und weil es der Tschofen gewesen sei, der dafür gesorgt hatte, habe sie beim Heiligen Hans und beim

Heiligen Paul das Gelübde abgelegt, auf dem Leidensweg des Tschofen nur in der Sprache des Jean Paul Marat zu reden, von dessen letztem Badewasser sie aus Graubünden ein Fläschchen mitgebracht habe; ein Tropfen auf einen Feind gespritzt, bedeute dessen Tod. Die Gendarmen habe sie verschont, weil sie mit dem Wasser sparen müsse. Der Mann nahm ihr das Fläschchen, tauchte seinen Finger ein und malte sich ein Kreuz auf die Stirn. Und weil einen Todgeweihten zu lieben ein langes Leben verspricht, beugte sich die Frau vor und schob ihre Röcke hoch. Sie bat ihn, sich zu beeilen, damit sie dem Wagen nachkomme.

Arme Frau, kluge, rebellische Frau! Sie wird gerade noch Zeit haben, eine Tochter zu gebären, ehe sie von hungrigen Soldaten erschlagen wird, die der Klugheit nicht bedürfen. Sie wird erschlagen werden, weil sie gegen ein Kriegsgesetz verstoßen wird, das besagt, wer Enten hat, diese an die Soldateska abtreten muß, die Erpel aber behalten darf; und gegen dieses Gesetz wird sie verstoßen, indem sie mit der Brennschere die Schwanzfedern ihrer vier Enten nach oben drehen und damit das Weibliche ins Männliche verkehren wird.

Ob so geschehen oder anders, der Mann, der für tot erklärt worden war, wußte es bald nicht mehr. Da war es Abend geworden über seinem Tag, und er war angekommen an einer sumpfigen Wiese zwischen Altach und Mäder. Dort hütete ein Hirtenbub die

Schweine. Als der den fremden Mann auf sich zukommen sah, rief er ihm entgegen, der Fidelis von Sigmaringen, der Kapuziner, der sei in Graubünden von Bauern erschlagen worden. Dann solle er dem Beispiel der Bauern folgen, sagte der Mann und hielt dem Bub seinen Wanderstecken hin. Denn dieser Fidelis von Sigmaringen werde Heiligkeit dadurch erlangen, daß er sich zum Knecht eines kriegführenden Staates gemacht habe; und er, ein Mann, der schon vor Jahrhunderten für tot erklärt worden war, habe seinen Körper zum Knecht eines geschäftsführenden Kopfes gemacht. Beides verdiene den Tod.

Der Lokomotivführer

Zwei Wochen waren sie hier, und aus den Äußerungen seiner Schwester war ihm klar geworden, daß sie nicht mehr die Absicht hatten, nach Nordirland zurückzukehren. Als der Strom ausfiel und die Maschinen mit einem Schlag stillstanden, fühlte der Lokführer Panik in sich hochsteigen, weil er das Unerwartete in Verbindung brachte mit den Erzählungen seiner Schwester und seines Schwagers.

»Wenn man in der Nacht auf Belfast zufährt, werden im Zug die Lichter gelöscht, damit die beleuchteten Abteile kein Ziel für irgendwelche Anschläge bieten.«

Die Sage vom Riesen Finn MacCool fiel ihm ein, der sich vor seinem Feind in einer Höhle verkroch und seine Frau beauftragte, sie solle, wenn der Feind komme und in die Höhle schaue, sagen, der hier liege, sei ihr jüngster Sohn, das werde ihn in die Flucht schlagen. Einem Kollegen war es einmal passiert, daß ein Schirm im Fahrdraht hing; der habe sich im Bügel verfangen und den Draht abgerissen.

Der alte Mann im schwarzen Anzug, der neben ihm stand, fluchte und griff in den Zugkraftschieber. Er schrie ihn an, hatte seine Geistesgegenwart aber wieder gewonnen und brachte den Zug vor dem Kontrollgebäude des Güterbahnhofs zum Halten.

Er hatte schlechte Laune, seit er sicher war, daß seine Schwester und sein Schwager nicht hier waren, um Urlaub zu machen, sondern um zu bleiben, und daß sie seine Wohnung als Quartier benutzten. Das wollte er nicht dulden, aber genausowenig konnte er sie hinausschmeißen. Wenn sie von ihrem Leben in Belfast Andersontown erzählten, war ihre Verzweiflung nicht zu überhören. Er hatte seit über vierzehn Jahren keinen Kontakt mehr zur Schwester gehabt und von ihrer Heirat nur aus einem Brief erfahren, den sie an die Eltern geschrieben hatte. Aber schließlich war sie seine Schwester, und der Ire mußte schließlich zur Familie gerechnet werden.

Die Schwester hatte vor vierzehn Jahren, wenige Monate vor der Matura, die Schule verlassen und war nach Amsterdam getrampt. Sie hatte sich Hippies aus Düsseldorf angeschlossen, die mit einem alten buntbemalten Omnibus in ganz Europa herumfuhren. Auf dem Weg nach Nordafrika waren sie in Götzis in der Siedlung vorbeigekommen. Er war damals auf Schulung. Die Mutter sei fast in Ohnmacht gefallen, als sie ihre Tochter mit diesen Typen gesehen hatte; gefleht habe sie, sie solle dieses Leben aufgeben; das Bett in ihrem Zimmer habe sie frisch überzogen. Aber die Schwester war nicht einmal über Nacht im Haus geblieben. Unter dem Dach der aufgelassenen Tankstelle hatte sie im Omnibus übernachtet.

In Tunesien traf sie Patrick MhicFhionnbhairr, den Iren. Er war groß, dünn, sommersprossig und hatte schulterlanges, kupferrotes Haar. Er hatte in Belfast mit den Behörden Schwierigkeiten gehabt, weil er sich weigerte, seinen Familiennamen auf einem Formular in Englisch zu schreiben. Sie trennte sich von den anderen und trampte mit ihm nach Nordirland. Sie heirateten kirchlich und wohnten bei seinen Eltern in Belfast Andersontown.

Der Lokführer war noch heute der Meinung, die Eltern hätten seine jüngere Schwester bevorzugt. Er hatte sich nie gut mit ihr verstanden. Alles, was sie erreicht hatte, stellte sie kokettierend in Frage. Aber was sie mit einer verächtlichen Handbewegung in Frage stellte, war für ihn unerreichbar, weil ihm dazu die Voraussetzungen nicht gegeben waren. Daß sie aufs Gymnasium ging, bedeutete ihr nichts; ihn hatten die Eltern zur Bundesbahn in die Lehre getan, nachdem er die vierte Klasse des Gymnasiums nicht gepackt hatte. Sie hatte ab der sechsten Klasse jedes Jahr eine Wiederholungsprüfung; dennoch war nie zur Diskussion gestanden, daß sie die Schule aufgeben sollte. Die letzte Note, die sie, kurz bevor sie abgehauen war, nach Hause brachte, war ein Vierer in Mathematik. Er hatte zur selben Zeit, um die Matura nachzuholen, mit der Arbeitermittelschule begonnen, was ihn ungeheure Energie kostete, weil er, ganz allein auf sich gestellt, nach einem achtstündigen Arbeitstag lernen mußte. Am selben Tag, als sie den Mathematik-Vierer nach Hause brachte, hatte er in Latein ein »Sehr gut« geschrieben. Seine Leistung wurde ignoriert, der Vierer wurde gefeiert – mit Sekt. Er gab die Arbeitermittelschule bald auf, weil seine Freundin ein Kind bekam und er heiraten mußte. Der Vater verkaufte ihm ein Stück des Gartens – nicht teurer, aber auch nicht billiger, als er es jedem anderen verkauft hätte – und er begann, wieder auf sich alleingestellt, ein Haus zu bauen. Zwischen seinem Haus und dem Elternhaus pflanzte er eine Tujenhecke.

Mit Genugtuung hatte er im Brief seiner Schwester gelesen, es gehe ihr nicht gut, sie werde für ein paar Tage nach Hause kommen und ihren Mann mitbringen. Daß sie je in eine Situation geraten könnte, in der es ihr nicht gut geht, war ihm bis dahin ausgeschlossen erschienen. Es war für ihn keine Frage gewesen, daß die beiden im Elternhaus wohnen würden, aber dann war anders beschlossen worden, und seine Frau richtete im Kinderzimmer zwei Betten, und Janets Bett wurde in das kleine Bügelzimmer geschoben; es war für ihn keine Frage gewesen, daß die beiden vom Flughafen Zürich mit dem Zug nach Götzis fahren würden, aber dann war anders beschlossen worden, und er mußte sie mit dem Auto abholen.

Es ging der Schwester wirklich nicht gut. Ihr Mann war arbeitslos, sie ebenfalls. Vor ein paar Tagen hatte sie mit ihrem Bruder eine Aussprache gehabt, nachts in der Küche. Sie hatten sich beide eine Würfelbrühe gekocht und tranken sie im Stehen. Die anderen waren im Bett. Er war spät nach Hause gekommen, sie hatte auf ihn gewartet. Sie wolle nicht mehr nach Nordirland zurück. Er machte ihr Vorwürfe, hielt eine Predigt; sie weinte und lachte durcheinander. Er hielt sie für betrunken.

Sie hatte Marihuana geraucht. Er kannte den Geruch nicht und hatte an der Haustür gemeint, seine Frau oder Janet hätten Räucherstäbchen angezündet oder einen Raumspray verwendet. Die Schwester bot ihm an mitzurauchen; er probierte. Sie erzählte ihm, womit ihr Mann zur Zeit Geld verdiene. Er trete als Straßenclown auf, sagte sie. Er lege eine Streichholzschachtel auf den Asphalt, nehme Anlauf, rücke die Schachtel zurecht, nehme wieder Anlauf, rücke sie wieder zurecht, und das so lange, bis genug Menschen um ihn herum stünden. Dann nehme er einen letzten großen Anlauf, renne wie ein Verrückter auf die Schachtel zu – und hüpfe darüber. Das sei seine Nummer.

Sie lachten, wie er sich nicht erinnern konnte, je gelacht zu haben. Seine Frau kam dreimal in die Küche und ermahnte sie zur Ruhe. Später im Bett drehte sie sich zur Wand. Sie war eifersüchtig. Am nächsten Tag beim Frühstück, als er seinem Schwager gegenübersaß, bekam er wieder einen Lachanfall. Es war ihm peinlich, weil der Ire merkte, daß es ihm galt.

Der Lokführer hatte mit seinem Vater darüber gesprochen, daß er vermute, die beiden wollten hier bleiben und so lange in seinem Haus wohnen, bis sie etwas gefunden hätten. Der Vater sagte: »Sollen sie doch in das alte Oswaldhaus ziehen, dann schleicht sich wenigstens kein Gesindel mehr ein!« Er wollte von den Schwierigkeiten seiner Tochter nichts wissen. Er kam auch nicht herüber, wenn sie abends beisammensaßen.

Vor ein paar Tagen hatte der Lokführer einen Anruf bekommen. Am Apparat war ein Bludenzer Kollege, den er kannte. Der bat ihn um einen Gefallen. Sie hätten da einen alten Kollegen, der feiere bald seinen Achtzigsten, ein hundertfünfzigprozentiger Lokführer, ob er ihn am Geburtstag Bludenz-Bregenz retour in der Lok mitnehmen könne. Er hatte zugesagt.

Bevor sie in Bludenz abfuhren, hatten die Kollegen dem alten Spanolla ein Ständchen gesungen. In Bregenz, wo die Garnitur eine Stunde stehen mußte, lud der Lokführer den Spanolla zu einem Glas Rotwein ein. Der Alte sagte zur Bedienung: »Mir bringen Sie ein Viertel Rotwein und dem da einen Kaffee, der muß noch fahren.«

Es ärgerte den Lokführer, daß der Fahrdienstleiter des Güterbahnhofs zuerst nur mit dem Spanolla redete. Warum auch der Bürgermeister im Büro war, war ihm überhaupt ein Rätsel. Als erstes, wenn sich seine Schwester und sein Schwager hier ansiedeln wollten, dachte er, müßten sie ihren Namen ändern, sonst meint jeder, sie seien Türken.

Die Legende

Es war, als sei die weiße Peitsche einen Tag vor Allerheiligen von den Heiligen selbst geschlagen worden. Erster und zweiter Schutzpatron des Landes standen wie Präsident und Kanzler über dem Geschehen; der Heilige Gebhard mit dem Stock in der einen Hand und dem Totenkopf des Großen Gregor in der anderen, der Heilige Fidelis mit Streitkolben und Schwert.

So stehen sie auf dem Gebhardsberg bei Bregenz und haben Ausblick über das Rheintal bis zum Kummenberg, der in prähistorischer Zeit eine Insel gewesen war in einem See, der noch keinen Namen hatte, weil niemand da war, der ihm einen Namen hätte geben können. Als die Urahnen der Eidechsen noch von der Weltherrschaft träumten, da war ein Ufer entlang des namenlosen Sees gewesen, so schön, daß Heilige hier nicht hätten leben können. Da waren andere Herren und Meister: Bütze, Venediger, Fenggen, Doggi, Wuetas und Nachtvolk. Die sprangen von Berggipfel zu Berggipfel, zogen Schleifen und Bänder hinter sich her oder dünne Fäden, Spinnen gleich, mit denen sie manchmal, wenn sie die Lust überkam, das Land einwickelten. Neben jedem Weib saß ein anderes Weib, und wenn das eine Weib ein Kind gebar, fraß es das andere auf, bisweilen hundert

Kinder am Tag. Als der See dann schrumpfte, behielten die Berge diese Erinnerung bei; der eine oder andere redete manchmal zu den Bewohnern, es war mehr ein Gähnen als ein Reden, und die Menschen, die einen Berg gehört hatten, erzählten hundert Jahre davon, bis es ihre Ururenkel nicht mehr glauben wollten, und es wieder geschehen mußte. Der letzte Berg, der in diesem Land redete, war der Hohe Kapf bei Götzis, und die Leute waren sicher, daß es von der fast überhängenden Felswand kam, die aussieht wie eine Stirn. Man sagte, das seien die anderen gewesen, die vor den Heiligen da waren.

Heilige können in alle Zeiten schauen, grad wie sie wollen. Sie können die Zeiten auch flink abrollen lassen wie Menschen ihre Urlaubsfilme zum Gelächter anderer Menschen. Aber Heilige brauchen deswegen nicht von Berggipfel zu Berggipfel zu hüpfen, und wenn sie schlagen, dann nicht wie der Teufel mit der schwarzen Peitsche, sondern mit der weißen.

Außerdem lachen Heilige nicht. Es gibt ja auch nichts zu lachen, wenn ein See schrumpft, wenn er den Namen Bodensee bekommt, wenn in seiner ehemaligen Wanne Menschen gezeugt, Häuser gebaut, Ortschaften gegründet, Städte ausgerufen werden, wenn schließlich die Städte und Dörfer wachsen, weil die Söhne auf die Äcker der Väter Häuser für ihre Familien bauen. Wer verkauft, was er selbst nicht braucht, der bekommt nie mehr etwas geschenkt. Wer hier lebt, dessen Freunde sind verstreut über die Städte und Dörfer, seine Futterplätze sind die Supermärkte in Dornbirn, Bregenz und anderswo, wohin ihn sein Auto bringt, sein Arbeitsplatz kann in Wolfurt sein, in Lauterach, in Hohenems, sein Bett in Götzis, Feldkirch, Lustenau, sein Herd in Koblach, Mäder oder im Bregenzerwald.

Eine große grüne Stadt lag vor den beiden Heiligen. Der Fidelis und der Gebhard sind deren nördliche Pfeiler. Aber im Süden steht der Berg, der Die drei Schwestern genannt wird, weil an seinem Fleck die Vorgänger der Heiligen zum Zeichen, daß sie das Feld räumen, drei Mädchen, die die Sonntagsmesse schwänzten, in drei Felsschrofen verwandelten, dabei aber die Goldquelle, die von dort ins Rheintal floß, für ewige Zeiten unter dem Bergmassiv begruben. Die sagenhaften Venediger, die launischen Bütze, das rächende Nachtvolk räumten das Feld.

An ihre Stelle traten berechenbare Heilige: der Heilige Gallus, der einen Bären gefügig machte, indem er ihm einen Dorn aus dem Fuß zog, der durch sein Gebet erreichte, daß sich die Holzbalken streckten, und der sich ein neunzigjähriges Leben lang mit einer eisensplitterbesetzten Kette schlug; und sein Genosse, der Heilige Kolumban, der Bregenz verfluchte, weil es eine Goldschale sei, in der ein Natterngezücht hause; dann der Heilige Konrad, der einen nieversiegenden Brunnen in seinem Sacktuch auf den Hohenemser Schloßberg getragen hat; der Heilige Karl Boromäus, der Leprakranke unbeschadet auf den Mund küssen konnte. Sie blieben dem

Land erhalten. Andere Heilige kamen und gingen wieder, teils weil sie vergessen wurden, teils weil sie nicht statthaft waren – wie die Heilige Kümmernis, von der nur ein Bildnis in der Bregenzer Siechenkapelle übrigblieb, das sie nackt, mit einem Vollbart am Kreuz hängend, zeigte, und das, als die Kapelle rosarot renoviert wurde, verschwand, zwei Jahre später im Winter von Spaziergängern unter dem dünnen Eis des Bodensees noch einmal gesehen wurde und dann nie mehr.

Vom Bregenzer Gebhardsberg überblicken das ganze Rheintal bis Feldkirch der Heilige Gebhard und der Heilige Fidelis, die Patrone; und wenn in Bregenz ein Fels den Namen des Gebhard hat, so hat in Feldkirch ein Schülerheim den Namen des Fidelis. Aug in Aug mit dem Berg, der Die drei Schwestern heißt, legen ihre Blicke ein Gitter über das Land; und wenn der Gebhard schlägt, dann hat der Fidelis dazu geraten.

Der Fidelis, dieser doppelte Doktor mit dem wirklichen Namen Markus Roy, hatte ein Leben lang auf seine Mundfertigkeit vertraut und sich Liebkind gemacht bei den österreichischen Truppen, die alles rekatholisierten, was ihnen vor die Bajonette kam, und im Vertrauen auf diese Mundfertigkeit und überzeugt, die Falschgläubigen müßten nur dazu gebracht werden, seine Predigten anzuhören, damit ihnen der reformistische Furz aus den Gehirnen fahre, hatte er auch an dem vierten Sonntag nach Ostern des Jahres 1622, begleitet von einem Hauptmann und vierzig

Soldaten des österreichischen Heeres, in dem kleinen calvinistischen Ort Seewies in Graubünden gepredigt, ohne allerdings zu wissen, daß die geschundenen Bauern für eben diesen Tag den Aufstand gegen die österreichische Herrschaft geplant hatten; und als er aus Kehle und Brust mitten im Wort war, explodierte in der Nähe der Kirche eine kleine Kapelle, in der die Österreichischen Sprengstoff gelagert hatten. Die Bauern, die man mit Bajonetten in die Kirche getrieben hatte, erkannten, soweit sie eingeweiht waren, in der Explosion das Signal zum Aufstand; die nicht zu den Aufständischen gehörten, meinten, die Österreicher hätten ihre Höfe in die Luft gesprengt. Jeder hatte Grund für das Äußerste. Die Schutzmannschaft des Fidelis lief aus der Kirche, ihren Kameraden bei der Kapelle zu Hilfe – und so blieb nur noch einer übrig, und dem nützten keine Reden mehr.

Dies mag den Fidelis dreieinhalb Jahrhunderte später dazu bewogen haben, weniger dem Wort als der Peitsche zu vertrauen, zumal er es auch mit dem Wort versucht hatte. Denn dreimal war er Oswalds Bruder Benedikt erschienen.

Zum ersten Mal bald nach dem Tod des Vaters. Nach einer Minute des Entsetzens waren alle auseinandergerannt, die Mutter und seine sechs Brüder, Florian, Karl, Werner, Ferdinand, Arthur und Günther; alle in verschiedene Himmelsrichtungen, Benedikt nach Südwesten zum Bahnhof, wo er mit dem nächsten Zug nach Innsbruck fuhr.

Weil Benedikt ein Mensch war, der seinen Kummer niederreden mußte, suchte er seine Kommilitonen von der theologischen Fakultät. Aber er traf sie nicht an, denn es waren noch Semesterferien, und sie waren zu Hause in Lienz oder Imst oder auf Urlaub in Italien. Als er bis spät in der Nacht gesucht, aber niemanden getroffen hatte, den er kannte, ging er, als die letzten Gasthäuser schlossen, in den Puff, zeigte sein Geld vor, das gerade für einmal gereicht hätte, verlangte fünf Damen und bekam, was er wollte, so überzeugend war seine Verzweiflung. Die Damen wechselten sich ab; wenn Kundschaft nach einer verlangte, sprang eine andere ein; so waren es manchmal nur drei, die sich um Benedikt kümmerten, aber manchmal waren es auch sechs. Die eine oder andere legte sich dazu, um eine halbe Stunde zu schlafen, und so gab sie immerhin ihren Bauch als Kissen oder ihre Schenkel, damit sich Benedikt zwischen ihnen ausweinen konnte.

Am nächsten Tag hob Benedikt alles Geld, das er besaß, von der Bank ab und zahlte 7700 Schilling zurück, denn er war die ganze Nacht im Puff geblieben. Auch in dieser Nacht blieb er, aber diesmal erzählte er den Damen sein Leben, und dafür wollten sie nicht so viel berechnen. Am folgenden Tag belastete er sein Konto mit derselben Summe und bezahlte für die Aufmerksamkeit, mit der man ihm zugehört hatte. Am dritten Tag besann er sich und wollte nach Hause. Die Bank gab ihm kein

Geld mehr und so fuhr er per Autostop über den Arlberg nach Götzis.

Der Vater lag noch da, wo er zu Tode gekommen war, die übrige Familie war verschwunden. Benedikt stampfte klagend durch das Haus, fluchte bald auf seine Familie, die ihn, den Jüngsten und Empfindsamsten, im Stich gelassen habe, verfiel bald in dumpfes Dasitzen und Starren. Er getraute sich nicht im Haus zu schlafen und schlich, als es dunkel wurde, mit einer Decke unter dem Arm in den an das Haus angebauten Holzstadel, der vor langer Zeit, als Benedikt noch gar nicht auf der Welt war, an einen deutschen Maler als Atelier vermietet worden war, und wo aus jener Zeit noch ein altes Ledersofa stand.

Später setzte er sich auf die Treppe und beherrschte sich. Mit steinerner Ruhe räumte er das Haus auf, schrubbte die Böden, wusch das Geschirr, tränkte die Blumenstöcke, organisierte die Beerdigung, gab den Nachbarn einsilbige Erklärungen, berichtete den Behörden, was nötig war, und ging schließlich als einziger hinter dem Sarg her. Für die Abwesenheit der übrigen Familie erfand er Gründe, die allerdings im Widerspruch standen zu den Aussagen des Notars, mit dem sich seine Mutter und seine Brüder bereits in Verbindung gesetzt hatten. Aber es schien niemandem wert zu sein, diese Widersprüche zu klären, zumal die anfallenden Kosten von Benedikt prompt beglichen wurden.

Alles, was ihm geeignet erschien, verkaufte er: Stereoanlage, Fernseher, Kühltruhe, Teppiche, Kristall und den Wagen des Vaters. Als er dennoch nicht genügend Geld beisammen hatte, fuhr er nach Innsbruck zu einem Antiquitätenhändler und bot einen Pelzmantel und einen Rock aus der Zeit des Schwedenkönigs Gustav III. zum Kauf an, die letzten Stücke aus der Sammlung seines Vaters, die anderen hatten die Mutter und die Brüder mitgenommen. An dem Pelzmantel hatte der Händler kein Interesse, aber für den Rock bezahlte er so viel, daß Benedikt damit den Rest seiner Schulden begleichen konnte.

Als alles geregelt war und er allein in dem großen Haus saß, befielen ihn Unruhe und Angst. Er schloß hinter sich ab und machte sich auf den Weg. Aber er kam keine hundert Meter weit. Denn an der Stelle, wo die Lustenauer Straße von der Bundesstraße abzweigt, erschien ihm auf dem Flachdach der Tankstelle, die seit Menschengedenken nicht mehr in Betrieb war, der Heilige Fidelis in brauner Kutte, die Streitkeule und das Schwert in den Händen, und befahl ihm, das Theologiestudium abzubrechen und statt dessen als gemeiner Bruder in seinen Orden einzutreten; vorher aber solle er noch zur Unterstützung der Heiligen Vorarlbergs zehn Messen lesen lassen und zehn freudenreiche, zehn schmerzensreiche und zehn glorreiche Rosenkränze beten.

Als Benedikt dann in Imst in Tirol vor dem Stammkloster der Kapuziner stand, um seinen Wunsch anzumelden, als Bruder eintreten zu dürfen, hatte er zwei Grundsätze des Ordens bereits erfüllt: Gehorsam – denn er hatte ohne zu zögern den Befehl des

Heiligen ausgeführt – und Armut, denn die Messen hatten das letzte Geld gekostet, und das einzige, das ihm geblieben war, waren die Kleider auf seiner Haut und der wertlose Pelzmantel, den er, in Packpapier gewickelt, unter seinem Arm trug.

Zum zweiten Mal war ihm der Heilige Fidelis erschienen, als Benedikt in dem Schülerheim in Feldkirch Hausmeisterdienste versah. Über seine eigentliche Aufgabe hinaus mußte er dort noch andere Dienste übernehmen, die eigentlich in die Kompetenz des Rektors und des Präfekten gefallen wären, die sie aber zu zweit nicht mehr schaffen, nicht zuletzt weil die Trunksucht des Rektors und die damit verbundenen langen Phasen der Depression den Betrieb aufhielten. So wurde Benedikt immer häufiger eingeteilt, die Schüler, die am Vormittag in ein dem Internat ausgegliedertes Gymnasium gingen, am Nachmittag bei ihren Hausaufgaben zu betreuen. Die Art und Weise, wie die Disziplin aufrechterhalten wurde, widersprach Benedikts Gerechtigkeitsgefühl, aber er hatte sich den Ordensregeln unterworfen, und auch wenn er gewiß war, daß er mitunter und im einzelnen falsch und gegen sein Gewissen handelte, hielt er es letztlich doch für richtig, zu gehorchen; denn schließlich, so tröstete er sich, gibt es ja auch in einer Maschine Rädchen, die sich in eine andere Richtung drehen, als die großen Räder, die von außen sichtbar sind.

Daß die Macht und ihre Ausübung in dem Internat eine so große Rolle spielten, hatte ihn am Anfang entsetzt. Den ersten Schüler, mit dem er ins Gespräch gekommen war, hatte er auf einem Spaziergang durch den an das Internat angrenzenden Wald getroffen.

Benedikt hatte beim Gehen in seinem Brevier gelesen, als er ein zorniges Schluchzen hörte. Es war ein Bub, elf Jahre alt, der mit einem Taschenmesser versuchte, einen Haselnußstecken abzuschneiden, dabei aber die Klinge waagrecht zur Rute hielt und wie mit einer Säge hin- und herfuhr. Ganz erfüllt vom Vorbild des Heiligen Franziskus, der jedem, ohne zu fragen, seine Hilfe angeboten hatte, streichelte er dem Buben lächelnd über den blonden Haarschopf, wischte ihm mit dem Ärmel der Kutte die Tränen von den Wangen und zeigte, wie man Haselruten schneidet – nämlich in einem spitzen Winkel zum Stamm, von oben nach unten. Der Bub stand mit gesenktem Blick dabei und schwieg. Benedikt, im Glauben, der Bub wolle sich einen Wanderstab schneiden, machte die überflüssigen Zweige ab und ritzte noch eine Verzierung ein, ehe er dem Elfjährigen den Stab überreichte. Der Bub testete den Stock, bog ihn zwischen seinen beiden Händen und schlug mit ihm auf den Moosboden; dann begann er wieder zu weinen. Er habe, schluchzte er, heute morgen während des Frühstudiums drei Vokabeln nicht gewußt und einmal sei keinmal, zweimal sei eine Watsche und bei dreimal müsse man sich im Wald den Stock schneiden, mit dem einen dann der Präfekt verhaut. Er sei nach dem Mittagessen schon einmal hier gewesen und habe einen Stock geschnitten, aber der sei dem Präfekten zu dünn vorgekommen, und er habe noch einmal gehen müssen.

Benedikt hatte bis dahin kaum wahrgenommen, was im Internat vor sich ging. Er hatte in der Küche gearbeitet und am Nachmittag, wenn die Schüler in den Studiersälen waren, die Schlafsäle gefegt und den Speisesaal geputzt. Am selben Abend, nachdem er dem Elfjährigen begegnet war, war er zum Rektor gegangen und hatte um eine Aussprache gebeten. Der Rektor war schon betrunken, und als Benedikt mit seinem Bericht anfing, faltete der Rektor die Hände vor sich auf der Tischplatte und legte den Kopf auf sie. Aber es war keine Geste des Betroffenseins, wie Benedikt zuerst annahm, denn nach wenigen Minuten war der Rektor eingeschlafen.

Mit der Zeit hatte Benedikt herausgefunden, wie die Ordnung unter den Schülern aufrechterhalten wurde, was im übrigen gar nicht so leicht war; denn ab der dritten Klasse Gymnasium war Rebellentum verbreitet, und in den Gesichtern der höheren Schüler konnte man mitunter eine Entschlossenheit sehen, die, wäre der Fall eingetreten, vor dem Äußersten nicht haltgemacht hätte. Die Schutzmaßnahmen der Heimleitung waren also eine notwendige Folge, aber auch gleichzeitig Ursache für Haß und Gewalt. Ein Zweitklässler hatte beinahe unumschränkte Macht über jeden Erstklässler, ein Drittklässler über jeden Zweitklässler und so weiter.

Benedikts Gewissensbisse plagten ihn nicht lange, bald hatte er sich eingefügt, und als er einmal einen

Erstklässler mit dem VW-Bus des Internats ins Krankenhaus fuhr und beim Arzt eine falsche Aussage bestätigte, wäre ihm, vor dem Arzt die Wahrheit zu sagen, als Ungehorsamkeit erschienen.

Die erste Klasse hatte eine Mathematikschularbeit zurückbekommen, und bis auf drei Zweier und einen Fünfer hatten alle Einser geschrieben, so daß in der Klasse Vergünstigungen erwartet wurden, ein zusätzlicher Besuchssonntag etwa oder Verkürzung des Studiums um ein paar Stunden. Aber der Präfekt ordnete statt dessen harte Gesamtstrafen an, mit der Begründung, die vielen Einser machten den Fünfer nicht wett, denn der Fünfer sei ein Beweis, daß die Klasse von Gemeinschaft nicht viel halte. Erst wenn man diesem Herrn Fünfer klarmache, was Gemeinschaft sei, werde die Gesamtstrafe aufgehoben.

Der Fünferbub hatte wohl geahnt, was ihm blühte, und war verschwunden. Die Klasse suchte ihn und fand ihn schließlich auf dem Dach des Internatsgebäudes, auf das er durch ein Dachfenster gelangt war. Dort hatte er sich hinter einem Kamin in einer flachen Blechmulde versteckt. Sie zerrten ihn in den Spielsaal, banden ihn an eine Tischtennisplatte, die sie an die Wand gelehnt hatten und berieten das Ritual der Bestrafung, denn jeder sollte daran beteiligt sein. Sie begannen mit Ohrfeigen, jeder zwei, das waren zusammen achtundvierzig. Fußtritte und Anspucken ließen sie daraufhin ausfallen, denn der Bub war inzwischen ohnmächtig geworden und blutete aus Mund und Nase. Den bewußtlosen Körper hoben sie hoch, jeder mußte ihn mit mindestens einer Hand berühren, und trugen ihn über die Marmorstiegen und die Marmorflure ins Freie. Eine Spur von Blutstropfen markierte den Weg. Draußen nahmen sie das Lichtgitter eines unterirdischen Kellerfensters ab, warfen den Bub in den Schacht und schütteten ihn mit Sand zu. Die Schüler berichteten dem Präfekten, was sie getan hatten, und die Gesamtstrafe wurde aufgehoben. Der Bub aber hatte einen Schock erlitten und mußte ins Krankenhaus gebracht werden.

Als Benedikt ihn beim Arzt ablieferte, hatte er einen Brief des Präfekten dabei, dessen Inhalt er zwar nicht kannte, sich aber denken konnte. Jedenfalls, als er gefragt wurde, bestätigte er, daß es ein Unfall gewesen sei.

Wenige Tage, bevor sein Bruder Oswald in Bregenz Zeuge eines tatsächlichen Unfalls gewesen war, bei dem ein Spaniel und ein Mann das Leben gelassen hatten, hatte Benedikt Aufsicht im unteren Studiersaal, und als das Strengstudium begann, fehlten zwei Schüler; nämlich derselbe, den er beim Steckenschneiden getroffen hatte, und der Nervenschock, wie der andere seit jenem Vorfall genannt wurde. Er suchte die beiden im Spielsaal, in den Schlafsälen, in der Kapelle, im Dachboden und fand sie schließlich auf dem Dach an derselben Stelle, an der sich damals der Nervenschock versteckt hatte. Es war ein warmer Herbsttag, die beiden lagen engumschlungen in der Sonne und schliefen. Der Nervenschock, der jüngere von beiden, hatte sich den Jackenaufschlag des anderen über die Augen gelegt, damit ihn die Sonne nicht blende, der andere lag ausgestreckt auf dem Rücken, sein Kopf auf einem Ziegel des Daches.

Benedikt war mit sich selbst uneinig, was er tun solle – die beiden beim Rektor melden oder wieder durch das Dachfenster ins Haus steigen. Er beschloß zu schweigen und drehte sich leise um, als ihm zwischen Dachgiebel und Fahnenstange zum zweitenmal der Heilige Fidelis erschien.

Armut, Gehorsam und Keuschheit seien die drei Grundpfeiler seines Ordens, belehrte ihn der Heilige. Darum müsse Benedikt die beiden Buben beim Präfekten melden, denn erstens sei es Benedikts Aufgabe, für Ordnung zu sorgen, und dieser Aufgabe habe er zu gehorchen; und zweitens hätten die beiden gegen das Gebot der Keuschheit verstoßen; er, Benedikt, verstoße übrigens gegen das Gebot der Armut, denn in seinem Schrank hänge immer noch der Pelzmantel, den er aus dem Haus seines Vaters mitgenommen habe, und der ja seinem Bruder Oswald gehöre, nachdem er, Benedikt, den Rock verkauft hatte. Also solle er den Mantel verpacken und an seinen Bruder schicken, der in Bregenz in der Maurachgasse Nummer 2 wohne.

Benedikt tat, wie ihm der Heilige geheißen, und so bekam Oswald am selben Abend, als Rosinas Mann aus der Verschollenheit auftauchte, das Paket und den Brief, den Benedikt von sich aus, ohne Anweisung des Heiligen Fidelis, geschrieben und dazugelegt hatte.

Im Gedenken seiner Anverwandten, der Seligen Ilga, blickte der Heilige Gebhard von seinem Berg aus über das Rheintal nach Dornbirn, wo an diesem klaren Tag im späten Oktober Rosina vor die Tür ihres Bungalows getreten war, weil sie den Blick des Heiligen im Inneren des Hauses nicht mehr ausgehalten hatte. Denn wie die Selige Ilga, so hatte sich auch Rosina an jenem Tag, als sie ihren Sohn empfangen hatte, in die Klause ihres Kopfes zurückgezogen, dessen Mauern stärker waren als jede Klostermauer. In ihrem Kopf hatte sie sich ein fröhliches, redseliges Wesen bewahrt, aber die Mauern waren zu dick, als daß ihr Lachen und ihr Reden hätten nach draußen dringen können. Angriffe auf ihren Körper nahm sie nicht wahr, denn ihr Körper war gleichsam die äußerste Mauer, die zu verteidigen sich gar nicht lohnte; wer sie bezwang – und ihr Mann und Oswald waren die einzigen, die es unternommen hatten – hatte nichts gewonnen.

Nur ihrer Schwester Roswitha, die ein feines Gehör hatte, war es gelungen, aus dem Inneren der Mauer Laute zu vernehmen. Aber Roswitha interpretierte nicht und sah auch keinen Grund, Hilfe anzubieten. Rosinas Unangreifbarkeit ließ die Menschen in ihrer Umgebung entweder vor ihr zurückschrecken oder aber sie erweckte in ihnen den Wunsch, ihr Böses anzutun; ihr Sohn verachtete sie.

Sobald er alt genug war, um ahnen zu können, daß aus der Art seiner Mutter eigene Stärke zu gewinnen war, schikanierte er sie, ließ sich unter dem Vorwand, das Essen schmecke ihm nicht, neues Essen kochen, kritisierte gleichzeitig, daß er solange auf das Essen warten müsse, schickte sie zum Bäcker, um Weißbrot zu holen, und behauptete hinterher, er habe Schwarzbrot gewünscht, brachte ganze Nachmittage auf dem Sofa zu, wo er sich neue, immer absurdere Befehle ausdachte, und geriet schließlich in Zorn, weil sich Rosina alles gefallen ließ, ohne daß er auch nur das geringste Anzeichen von Unwillen bemerkte. Als er noch kein war, hatte er ihr einmal befohlen, sich vor einen Stuhl zu stellen; auf den war er gestiegen, so daß er ein wenig größer war als sie, und hatte mit der Hand ausgeholt; aber zugeschlagen hatte er nicht.

Als sein Vater für tot erklärt worden war, änderte sich sein Verhalten ihr gegenüber; von da an behandelte er Rosina wie ein unmündiges Kind. Ihre Beziehung zu dem Detektiv, der ihn beim Diebstahl der Digitaluhr erwischt hatte, ließ er gewähren, weil er sich vor Oswald Oswalds Unangreifbarkeit fürchtete, die ihm ganz anders erschien als die Unangreifbarkeit seiner Mutter, nämlich gefährlich durchtrieben, auf Gelegenheiten lauernd. Wenn er die beiden im Elternschlafzimmer wußte, wurde ihm schlecht vor Ekel. Bereits im Sommer zog er nach Innsbruck, obwohl das Semester erst im Herbst begann.

Rosinas Mutter wiederum beklagte vor den Leuten

den Zustand ihrer Tochter wie eine Krankheit, aber nicht weil sie Rosina tatsächlich für krank hielt, sondern um den Eindruck einer übertrieben liebenden Mutter zu erwecken, und auch um sich von den Leuten bestätigen zu lassen, daß Rosina im Temperament zwar etwas gedämpft, aber sonst durchaus normal sei, vielleicht etwas eigenartig. Dann schlug sie die Hände zusammen und dankte Gott, daß ihre Tochter einen Mann gefunden hatte, obwohl sie am Anfang strikt gegen die Heirat gewesen war.

Als sei bei Rosinas Verstummen eine Verwechslung von Ursache und Folge geschehen, war die Mauer in ihrem Kopf errichtet worden, ehe sie notwendig wurde. Als sie an jenem Föhntag im Frühling, nachdem sie die Waschmaschine beim Präsidenten des Stickereiverbandes abgeholt hatte, im Bärlauch am Hohenemser Schloßberg saß, hatte sie gespürt, daß eine Veränderung mit ihr vorging. Es war dies wie ein Einschlafen der Seele, bei dem Körper und Geist wachblieben, sanft und wohlig, mit dem Versprechen, sich nie wieder um irgend etwas kümmern zu müssen. Die Buchen, die bemoosten Steine, das Bärlauch, die sie umgaben, schienen damit einverstanden zu sein. Als sie sich umdrehte, sah sie einen blassen Buben stehen.

Als Rosina heiratete, war sie im sechsten Monat schwanger. Bis zu diesem Tag hatte sie ihren Bräutigam nicht mehr gesehen.

Am Vormittag der Hochzeit war ihr Vater nach Hohenems zum Haus Kaleen gefahren und hatte mit der Mutter seines zukünftigen Schwiegersohns eine Vereinbarung getroffen, derzufolge er bis zur Volljährigkeit ihres Sohnes dessen Leben leiten, ihn dafür aber nach Vollendung seines einundzwanzigsten Lebensjahrs zum Teilhaber an seinem Betrieb machen werde.

Rosina wartete im Wohnzimmer. Ihre Brüder saßen in der Küche und machten Witze, manchmal hoben sie die Klappe der Durchreiche, steckten ihre Köpfe ins Wohnzimmer und kommentierten, Reporter spielend, Rosinas Bewegungslosigkeit. Roswitha saß in der Badewanne und unterhielt sich schreiend durch zwei geschlossene Türen mit Rosina und ihren Brüdern. Die Mutter war nicht da. Sie hatte bis zum Vorabend gehofft, die Hochzeit werde abgesagt, und war schließlich empört über den Verkauf ihrer Tochter, wie sie es nannte, zu ihrer Mutter gegangen, die, seit ihr Mann nach achtzehn Delirien am Korsakow gestorben war, allein in einer großen Wohnung im sechsten Stock eines Wohnblocks wohnte, wohin sie gezogen waren, nachdem sie Stickerei und Haus ihrem Schwiegersohn übergeben hatten.

Als der junge Bräutigam in Begleitung seiner Mutter und seines Schwiegervaters das Haus betrat, platzten Rosinas Brüder mit dem Lachen heraus, denn er sah aus wie ein Knabe. Sie bekamen Ohrfeigen und hielten sich von da an feixend im Hintergrund. Förmlich ging der Bräutigam auf Rosina zu, umarmte sie und sagte, er freue sich, ihr Mann zu werden. Für ihn war ein Zimmer eingerichtet worden, denn bis zu seinem einundzwanzigsten Lebensjahr durfte er nicht bei seiner Gattin schlafen.

Als es dann soweit war, war sein Sohn bereits vier Jahre alt. Er wurde aus Rosinas Zimmer ausquartiert und bekam das Zimmer seines Vaters. Der war ein ernster, in sich gekehrter Mann geworden. Er besaß geschäftlich ganz das Vertrauen seines Schwiegervaters, der ihn mehr mochte als seine beiden Söhne, denen inzwischen das Lachen vergangen war, spätestens seit jenem Tag, als sie mit ihrem Vater wegen einer Lohnaufbesserung gesprochen hatten. Das war bis dahin jährlich geschehen, ohne daß es jemals Schwierigkeiten gegeben hätte. Aber diesmal legte ihr Schwager sein Veto ein. Inzwischen regelte er einen Großteil der geschäftlichen Angelegenheiten und zwar nicht so über den Daumen gepeilt, wie das mehr oder weniger früher geschehen war, sondern nach kalten Kalkulationen, in denen Familienbande keinen Platz hatten. Er kündigte sogar eine Lohnsenkung an, da die beiden ohnehin zu viel verdienten, was in der inzwischen auf dreizehn Mann angewachsenen Belegschaft Unfrieden stifte. Sein Schwiegervater zuckte mit der Schulter und ließ ihn gewähren. Er war stolz auf ihn.

Seine Tochter Rosina hatte er eigentlich vergessen. Sie war meistens im Zimmer ihres Sohnes, ohne sich allerdings mit ihm zu beschäftigen. Sie saß im Sessel, sah dem Kind zu und lächelte. Nur selten ging sie außer Haus, und wenn, dann nicht, um irgend etwas zu erledigen, sondern ohne Ziel, manchmal kehrte sie nach wenigen Schritten wieder um, manchmal blieb sie Stunden. Rosinas außergewöhnlich üppiger Busen erregte bei den Männern Aufsehen, aber niemand wagte es, sie anzusprechen, einmal weil ihr Verhalten mit abweisender Arroganz verwechselt wurde, zum anderen weil die Männer ihren Mann fürchteten, der in Lustenau, nicht zuletzt wegen haarsträubender Lügen seiner Schwäger, den Ruf eines eiskalten Menschen hatte. Aber hätte es tatsächlich einer gewagt, Rosina näher zu treten, ihr Mann hätte das kaum registriert.

Als die Mutter ihres Mannes starb, kam jener große Herr, den Rosina für ihren Schwiegervater und ihr Sohn für seinen Großvater hielten, aus Frankreich zur Beerdigung.

Sie wohnten damals bereits in Dornbirn in dem Bungalow, den sie vom Stickereiverband geschenkt bekommen hatten. Ihr Mann hatte einen Tag lang die Fassung verloren, sich in seinem Zimmer eingesperrt, und nur Rosina durfte einmal zu ihm, um ihm einen Teller Suppe zu bringen. Er saß auf dem Bett, sein verweintes, bubenhaftes Gesicht rührte sie. Da wollte sie ihm sagen: Komm, sind wir ab heute Mann und Frau! Aber er hörte sie nicht hinter der Mauer ihres Kopfes. Einen Augenblick lang hatte sie wieder das Gefühl wie beim Hohenemser Schloßberg gehabt, bevor sie ihm zum erstenmal begegnet war. Nur war es diesmal nicht wie ein Einschlafen der Seele, sondern wie ein Erwachen. Sie bemühte sich mit aller Kraft um dieses Erwachen, aber ihre Klausur war nicht freiwillig wie bei der Seligen Ilga, und so fiel sie zurück in ihre unschuldige und verantwortungslose Lethargie, noch ehe sie sein Zimmer wieder verlassen hatte.

Kaspar Bierbommer meinte, daß sie in ihrem Eingeschlossensein Trost benötige; aber er wußte auch, daß er ihr nicht helfen konnte. Er hatte sich in seinem langen Leben selbst zu gut kennengelernt, als daß es ihm möglich gewesen wäre, ihr den Trost zu spenden, den sie benötigt hätte. Er strich ihr übers Haar, sagte: »Meine Tochter« – eine Geste der Verlegenheit.

Am nächsten Tag hatte sich Rosinas Mann wieder gefaßt, und als sie beim Frühstück saßen, sprach er von seiner Mutter wie von einer Fremden, deren Schicksal einen berührt wie das Schicksal der ganzen Welt, nicht mehr und nicht weniger. Kaspar Bierbommer schenkte ihm eine Photographie von der Mutter aus der Zeit, als er sie kennengelernt hatte, ging ihm aber ansonsten aus dem Weg; er nannte ihn, wie er ihn früher genannt hatte, »mein Sohn«, aber nicht aus Gewohnheit oder in Erinnerung, sondern erneut aus Verlegenheit.

Rosinas Sohn, damals vierzehn Jahre alt, hatte Gefallen an dem großen Mann aus Frankreich. Er führte ihn an der Hand durch Dornbirn und ließ sich Dinge kaufen, die er nicht brauchte und eigentlich auch nicht wollte, die nur den Zweck hatten, Kaspar Bierbommers Zuneigung zu erfahren. Daß er auch ihn »Mein Sohn« nannte war lächerlich, aber der Bub freute sich darüber. Es beelendete Kaspar Bierbommer, wie vater- und mutterlos das Kind war.

Manchmal saßen Rosina und Roswitha beisammen und schauten sich in die Augen. Roswitha fand das kurios, sie machte sich ein Spiel daraus. Sie sagte zu Rosina, sie sei die komischste Person, die sie kenne; entweder eine Verrückte oder eine Heilige, aber wohl eher eine Heilige, die Heilige Rosina von den stillen Frauen Vorarlbergs. Sie akzeptierte, wie ihre Schwester war, und versuchte weder an ihr herumzunörgeln, wie es früher ihre Eltern getan hatten, noch sie zu ignorieren, wie sie es inzwischen taten. Aber sie kannte auch keine Schonung wie ihre Eltern und ihre Brüder, die instinktiv alles von Rosina fernhielten, was ihr Aufregung und Schmerz hätte bringen können. So beschloß sie auch ohne Skrupel, und nur weil sie Rosinas Mann merkwürdig und ein wenig zum Fürchten fand, ihn von einer anderen Seite kennenzulernen, ihn zu verführen. Und sie tat es durchaus nicht heimlich. Rosina nahm keine Notiz davon.

Sie nahm von nichts mehr Notiz. Sie tat, was man von ihr erwartete, und wenn niemand etwas von ihr erwartete, tat sie nichts. Ihr Sohn, ihr Vater und ihr Mann gaben sie auf. Seit sie in der Klausur ihres Kopfes lebte, waren sie ihr entweder mit Ärger oder mit Gleichgültigkeit begegnet. Niemand außer Roswitha hielt es länger als eine halbe Stunde mit ihr allein aus. Wenn man Rosina beim Kochen oder beim Backen zusah, wollte man ihr den Löffel aus der

Hand nehmen, weil man die Langsamkeit ihrer Bewegungen nicht mehr aushalten zu können glaubte; aber ihre Bewegungen waren nicht langsam.

Rosina stand unter der Obhut des frommen Heiligen Gebhard. Seine Schützlinge sind bewegungslos wie sein Sarg, den zwanzig Männer nicht heben konnten, und der stehenblieb, bis die Zeit vergangen war, die erst vergehen mußte.

Der Fidelis dagegen ist der Heilige der Bewegung, seine Schützlinge ziehen von Haus zu Haus und verschenken an die Kinder kleine Ringlein aus billigem Metall mit kleinen, bunten Glassplittern, sie betteln bei den Erwachsenen um Geld oder Briefmarken, sie bauen aus Geld, Briefmarken und durch Ringlein gewonnenem Vertrauen ein Schülerheim und sie melden bei der Heimleitung zwei einsame, vom Heimweh geschüttelte Buben, die in ihrer Umarmung auf dem Dach des Schülerheimes eingeschlafen waren.

Aber der Heimleiter, der Pater Rektor, war ein unter die Fittiche des Fidelis geratener Schützling des Gebhard, und außerdem wurde er geplagt von den Geistern, die hinter den Drei Schwestern wohnen. Er, der mit bürgerlichem Namen Bruno Fischer hieß, war nach dem Krieg mit seiner Schwester Hedda, der Mutter Hartwin Fischers, nach Bludenz gekommen, weil sie ihm eingeredet hatte, er könne sich in Braunschweig nicht mehr sehen lassen.

Bald nach Hitlers Berufung zum Reichskanzler

hatte Bruno, damals Gymnasiast, einen Redewettbewerb gewonnen. Er hatte vor der erstaunten Jury über die Welteislehre von Hörbiger und Fauth referiert, dabei ihre wissenschaftliche Haltbarkeit zwar bestritten, gleichzeitig aber in einem virtuosen demagogischen Salto die Wissenschaft selbst in Frage gestellt, die, weil sie eben hauptsächlich vom jüdischen Geist betrieben werde, zwar ein logisches Bild der Natur liefere, aber nur dem, der auf dem Standpunkt stehe, die Natur sei logisch erklärbar, hingegen für den, der sich auf einen mythischen Standpunkt stelle, nicht mehr und nicht weniger Wahrheit über die Natur sage als die dümmste Spekulation. Der arische Mensch, so fuhr der siebzehnjährige Bruno fort, trage ein gesamthaftes Weltbild in sich, ein mythisches, das sich, anstatt irgendwelcher analytischer Methoden zu bedienen, auf Symbole verlasse, wie sie etwa in der Edda vorkommen, und so ein Symbol sehe er, Bruno, in dem Gegensatzpaar von Glut und Eis, das von der Glatialkosmogonie verwendet werde.

In der Jury saß der damalige Reichsstudentenführer Baldur von Schirach. Bevor sich die Jury zurückzog, nahm er Bruno beiseite und sagte, er habe zwar noch nie einen solchen Unsinn gehört, aber gleichzeitig auch selten eine bessere Rede; wie er denn zu diesem Thema gekommen sei. Sein Deutschprofessor sei ein Anhänger der Glatialkosmogonie, sagte Bruno, und erst die Wahl dieses Themas habe ihm die Teilnahme an dem Redewettbewerb gesichert. Baldur von Schirach setzte sich in der Jury durch, und Bruno gewann den Redewettbewerb.

Bruno wurde Mitglied der Hitlerjugend. Bei seiner Einschreibung im Parteibüro begegnete er seiner Schwester Hedda, die ihm ironisch lächelnd erklärte, sie sei bereits seit zwei Jahren Mitglied, ihre angeblichen Spaziergänge mit ihrem angeblichen Freund seien lediglich ein Vorwand den Eltern gegenüber, in Wirklichkeit gehöre sie mit Leib und Seele längst der Partei und dem Führer.

Bruno wurde als eine Art Tribun eingesetzt. Bei Veranstaltungen der HJ trat er als Redner auf. Seine Glanzleistung war eine Rede, betitelt mit »Mut und Opfermut«, die er anläßlich des Abiturs hielt. Bis dahin war es in Braunschweig Tradition gewesen, daß der Primus der Abiturientenklasse vor dem Sterbehaus Lessings auf dem Egidienmarkt eine Rede hielt.

Bruno, der zwar nicht der Primus war, dem aber dennoch diese Ehre zuteil wurde, organisierte um, das heißt, die Partei organisierte um. Da noch andere HJ-Mitglieder in der Klasse waren, wagte niemand zu widersprechen. So zog das ganze Gymnasium mit allen seinen Lehrern und einem Großteil der Schülereltern vor die Stadt zum Schilldenkmal, und hier hielt Bruno eine Rede, die nicht, wie es ebenfalls Tradition war, auf die Schulzeit und ihr Gutes einging, sondern eine Hymne war auf Ferdinand Baptista Schill, jenen preußischen Patrioten, der 1809 Preußen durch eine kühne Unternehmung zum Krieg gegen Napoleon fortreißen wollte, indem er sein Regiment, ohne den

König in Kenntnis zu setzen, unter dem Vorwand, im Feldmanöver zu üben, gegen die Elbe in Marsch führte.

Brunos Rede riß die Menschen in solchem Maße mit, daß sich danach einige seiner Klassenkameraden um ihn scharten und ihm zuriefen, er, Bruno Fischer, solle dasselbe tun – auf gegen Frankreich! Nieder mit den Versailler Verträgen! Hedda, die auch bei der Kundgebung war, beruhigte die Jungen. Aber von diesem Tag an trugen sie die Uniform der SA.

Die Wahrheit war: Die Reden, die Bruno hielt, auch diejenige beim Redewettbewerb, hatte Hedda verfaßt, die Rede über »Mut und Opfermut« in Absprache mit der Partei.

Später, als die Nationalsozialisten es nicht mehr nötig hatten zu agitieren, ließen sie Bruno fallen. Er galt als ein unzuverlässiges Großmaul. Daß der Spott nur hinter seinem Rücken blieb, verdankte er Hedda, die großen Einfluß in der Ortsgruppenleitung und darüber hinaus besaß und in einer, ihren Genossen merkwürdig erscheinenden Zärtlichkeit an ihrem Bruder hing. Ihn in jene Position zu hieven, die sie sich vorgestellt hatte, gelang ihr jedoch nicht. Sie verhätschelte ihn, sprach mit ihm von der mythischen Bedeutung, die jene seltsamen Zufälle um ihre Geburten, die doppelt belichtete Photographie, für ihr Leben habe. Bruno war an den Inhalten des Nationalsozialismus nie interessiert gewesen, die Begabung der leeren Rhetorik, die ihm von der Natur mitgegeben war, hätte sich jeder Ideologie hingegeben. Er war erst Mitte zwanzig, als er schon vergangenem Ruhm nachtrauerte.

Seine Schwester war immer seltener zu Hause, weder ihrem Bruder und schon gar nicht ihren Eltern verriet sie, was der Anlaß ihrer vielen Reisen war.

In den Tagen des Zusammenbruchs hielt ein schwarzer Mercedes nahe dem östlichen Umflutungsgraben, und Hedda stieg aus. Sie trug ein enges graues Kostüm und befahl Bruno, seine Sachen zu packen. Dann fuhren sie nach Süddeutschland, stiegen in andere bereitstehende Autos um, fuhren mit der Bahn und dem Omnibus und wohnten eine zeitlang im Kleinen Walsertal in einer Almhütte, ehe sie zu Fuß über das Starzeljoch in den Bregenzerwald gingen.

Hedda war schwanger, und als sie die Zwillinge zur Welt brachte, arbeitete sie in Bludenz als Krankenschwester. Bruno hatte vorübergehend eine Stelle als Kraftfahrer bekommen, die er aufgab, als Hedda im Wochenbett lag; von da an versorgte er den Haushalt. Er fiel in Depressionen, trank aber noch nicht. Damit begann er später, während seines Theologiestudiums in Innsbruck.

Wenn er betrunken war, vereinigten sich in ihm die Götter seiner Jugend mit den Heiligen seines Studiums. Seine Rednergabe versiegte. Wenn er in Bludenz bei seiner Schwester war, saß er in der Küche, trank Grog und schob den breiten Kinderwagen mit den Zwillingen.

Für den Fidelis war er verloren und für den Gebhard kam er bald nicht mehr in Frage. Sankt Gebhards Kandidatin war Rosina, mit ihr hatte er große Dinge vor. So blieb der Pater Rektor den Geistern, die hinter den Drei Schwestern wohnen. Die gaben ihm zu trinken, Rotwein aller südtiroler Sorten; sie machten ihn zu ihrem Werkzeug, und der Fidelis konnte das nicht verhindern, auch nicht dadurch, daß er Benedikt ein drittes Mal erschien.

Das Ende der Sage

Zwei Attentate hatte Kaspar Bierbommer in seinem langen Leben gesehen. Auch wenn seine spontane Sympathie stets allem Subversiven galt – zwar nicht, weil er darin eine politische Haltung vermutete, die er teilte, sondern weil ihm Auflehnung als zuvörderstes Charaktermerkmal eines mündigen Menschen erschien –, waren dennoch die beiden Attentate die finstersten Erinnerungen an sein Leben, obwohl er in beiden Fällen nur Zeuge gewesen war und eigentlich Unbeteiligter. Die Erinnerung hatte mit wachsendem zeitlichen Abstand an Düsternheit zugenommen, und zwar in demselben Maße, wie seine eigene Geschichte mit der allgemeinen Geschichte verschmolz.

König Gustav III. von Schweden hatte er persönlich gekannt, als Menschen geschätzt, als Monarchen aus jakobinischer Überzeugung heraus abgelehnt. König Umberto I. von Italien hatte er nur einmal und nur wenige Augenblicke lang lebend gesehen. Mit beider Mörder hatte er vor ihrer Tat gesprochen; mit Ankarström über ein Geschäft, das ihm jener vorgeschlagen hatte, eigentlich eine Erpressung; mit Gaetano Bresci über dessen Mordabsicht. Ankarström war ihm zuwider gewesen, Bresci hatte ihn gerührt.

Gaetano Bresci und Kaspar Bierbommer waren

sich auf einem Schiff von New York nach Genua begegnet. Der Anarchist hatte Vertrauen zu Bierbommer gefaßt. Er erzählte ihm von seinem Vorhaben, von dem Auftrag, den ihm die Anarchisten um Malatesta und Yankavilla in Paterson, New Jersey, gegeben hatten. Bierbommer war nicht sicher, ob Bresci redete, weil er insgeheim hoffte, er würde ihn verraten und ihn so von der Tat abhalten, oder weil er seine Kühnheit und seinen Heldenmut von einem anderen bewundert wissen wollte. An Brescis Absicht aber hatte er nicht gezweifelt.

Bierbommer war nach Monza zur Sommerresidenz von König Umberto I. gefahren und hatte versucht, zu dem Monarchen zu gelangen, um ihn zu warnen. Er war nicht vorgelassen worden. So war er an jenem Sommerabend zum Sportpalast gegangen und hatte gewartet auf das, was geschehen mußte.

Der König verließ nach dem Turnfest das Gebäude, und bevor er seinen Wagen besteigen konnte, sprang der inzwischen elegant gekleidete Gaetano Bresci auf ihn zu und schoß ihm aus kurzer Entfernung in die Brust. Alles war nach Plan verlaufen, auch die Tatwaffe war dieselbe, die ihm Bresci auf dem Schiff gezeigt hatte, ein amerikanischer Revolver Kaliber 9. Bresci hatte Rache genommen wegen der Niederwerfung des Mailänder Sozialistenaufstandes und war doch selbst nie in Mailand gewesen.

In Bierbommers Erinnerung war das Attentat nur das letzte, aber durchaus nicht beeindruckendste

Bild. Am schwersten lasteten auf ihm die Stunden, während denen er neben Bresci an der Reeling des Schiffes stand und ihm zuhörte, oft bis spät in die Nacht hinein. Bierbommer nannte sich damals Gaspare Pero und war als Handelsvertreter der Mailänder Hutfabrik Gavrilo & Vincente in die Vereinigten Staaten gefahren. Bevor er an Bord gegangen war, hatte ihm Vincente ein Paket übergeben und gesagt, New York sei eine kalte Stadt. In dem Paket war ein Mantel aus Fuchsfell. Während der Nächte auf der Rückfahrt über den Atlantik hatten sich Bresci und er abwechselnd mit dem Mantel gewärmt, denn der Anarchist weigerte sich, in der Kabine über seine Pläne zu sprechen. Der Himmel und das Meer sollten es hören, sagte er.

So klar Bierbommer seine Erinnerungen zu ordnen vermochte, die Erinnerung an die beiden Attentate hatten sich vom realen Geschehen abgelöst und waren ins Alphafte gewachsen. Attentäter und König wurden zu allegorischen Figuren – Chaos und Ordnung –, und je mehr er sich der Erinnerung überließ, desto allgemeiner, umfassender wurden die Allegorien bis hin zu Gut und Böse, wo er dann längst nicht mehr ausmachen konnte, wer in welchem Begriff versinnbildlicht war. Er hatte sehr früh erkannt, daß es einem Menschenverstand mit Hilfe von Begriffen nicht gelingen kann, ein so langes Leben als Geschichte zu erfassen. Darum hatte er seine Kleidungsstücke gesammelt: weil sie Katalysatoren waren für seine Empfindungen, weil sein Verstand für seine Ordnung der Sinnlichkeit bedurfte, die nicht zwischen Wesentlichem und Unwesentlichem unterschied und ihm Erinnerungen lieferte, die nicht schon abgewogen waren. Die Kleider waren Realitäten, die er greifen, an seinem Körper spüren und sehen konnte. Da wußte er sich dann als Teilhaber der Geschichte. Begriffe dagegen drängten ihn aus seinem eigenen Leben, verhöhnten ihn, weil sie mehr Rechte in Anspruch nahmen, als in einem zweieinhalb Jahrhunderte währenden Leben erworben werden konnten.

Es war nicht die Tatsache, daß zwei Menschen von Attentätern ermordet worden waren, die seine Erinnerung so verwirrte, sondern die Polarisierung von Mörder und Ermordetem in den Begriffen Chaos und Ordnung, Gut und Böse. In manchen seiner Träume traten sie auf, wechselten Rolle und Qualität. Wenn er mit wachem Verstand über diese Begriffe nachdachte, geriet er, über die Träume hinaus, in Verwirrung, denn sein vorurteilsloser Geist räumte zumindest als Möglichkeit ein, daß seine Ablehnung gegen Begriffe nicht unbedingt damit zu tun hatte, daß sie zur Geschichtsbetrachtung nicht taugten, sondern vielmehr eine eigene Abwehr war gegen einen weiteren Gedanken, daß es ihm nämlich auch in zweihundertundfünfzig Jahren nicht gelungen war, sich zwischen Chaos und Ordnung, zwischen Gut und Böse zu entscheiden, und nicht etwa deshalb, weil er – wie er in Gesprächen oft beteuerte – nicht wußte, was

Ordnung war und was Chaos, was Gut war und was Böse – man lebt nicht ein Vierteljahrtausend auf diesem Kontinent, ohne daß Sinn und Bedeutung dieser Gegensätze den Blick auf die Welt in zwei Augen teilen – Chaos und Ordnung, Gut und Böse waren ihm selbstverständlich unterscheidbar; aber als einer, der durch die Jahrhunderte ging, machte er sich ein Bild von sich: der Ewige – und dieses Bild wäre ihm unvollständig erschienen, wäre es nicht ein Attribut einer Moral oder einer Unmoral gewesen – der ewig Gute oder der ewig Böse.

Sein Leben widersprach seinem Verstand: ein so langes Leben war unvernünftig, aber doch nur mit Hilfe der Vernunft zu bestehen. Die Erinnerung an die Attentate löste immer dieselben Gedanken in ihm aus, und an ihrem Ende stand die verwirrende Angst vor seiner eigenen ewigen Sinnlosigkeit. Die Attentate waren die Vorkommnisse in seinem Leben, die er in der Erinnerung einfach nicht beherrschte. Aber es widersprach auch der Besonderheit seines Lebens, vergessen zu wollen. So nahm er diese eine Unberechenbarkeit seiner Seele hin, gleichsam im rationalen Einverständnis mit sich selbst und den Grenzen der Vernunft, die man, wie er sich sagte, kennen müsse, um zu ermessen, wie groß ihre Macht sei.

Zwei Kleidungsstücke seiner Sammlung hatten die Erinnerung an die Attentate in ihm wachgehalten: ein Rock und ein Mantel. Und als er in den Sechzigerjahren dieses Jahrhunderts in Geldnot war und sich gezwungen sah, sich wenigstens vorübergehend von einigen seiner Kleider zu trennen, hatte er der Versuchung nachgegeben, neben anderen, ihm nicht so wichtig erscheinenden Kleidern, auch diese beiden zu veräußern: den Rock und den Mantel. Es hatte ihm bald leidgetan und er hatte versucht, sie zurückzukaufen, aber Oswalds Vater wollte davon nichts wissen. Der Rock war bei einem Innsbrucker Antiquitätenhändler gelandet, der Benedikt übers Ohr gehauen hatte; der Pelzmantel aber war nun in greifbarer Nähe im Besitz jenes Mannes, der im Keller, nur wenige Schritte von Bierbommer entfernt, ohne ihn zu bemerken, zwei Weinflaschen vom Regal nahm.

Oswald fragte, ob Pius Bikila wisse, daß das erste unbekannte Tier, das der Seefahrer James Cook auf seiner Reise um die Welt gesehen hatte, ein Känguruh gewesen sei; daß die feinen englischen Damen vor lauter Lachen ihre feinen englischen Kleider voll Wein geprustet hätten, als der Kapitän die Bauchbeutel der Tiere beschrieb. Pius Bikila wußte nichts davon. Er bat Oswald, leiser zu reden und das Licht nicht anzuschalten, weil die Wohnzimmerfenster nach vorne hin zu den Nachbarn zeigten.

Oswald hatte zwei geschliffene Gläser aus der Kredenz genommen, beide gefüllt und schnell hintereinander ausgetrunken, bevor er auch Pius Bikila einschenkte. Es sei wohl besser, in die Küche zu gehen, sagte er, da könne niemand das Licht von außen sehen.

Die Küche war geräumiger als das Wohnzimmer. Hier hatte sich die Familie die meiste Zeit aufgehalten. Oswald zog die Vorhänge zu, damit sie nicht in den Hof auf die Dreckhaufen schauen mußten. Draußen regnete es immer noch, und obwohl erst Nachmittag war, war es bereits dämmrig. Seit Oswald zum letzten Mal im Haus gewesen war, hatte sich nicht viel verändert; der elektrische Herd in der Küche war neu, auch der Kühlschrank. Aber die Eckbank, die unter den beiden Fenstern stand, war noch dieselbe.

Ein Problem seien die Zigaretten, sagte Pius Bikila. Als sie durch Götzis gegangen waren, hatten sie nicht daran gedacht. Einer von ihnen werde Zigaretten holen müssen, sagte Oswald, und zwar viele, denn er habe vor, über Nacht hier zu bleiben und, wer weiß, vielleicht noch länger. Sie warfen eine Münze, Oswald verlor, aber Pius Bikila sagte, er werde den weiten Weg zurück ins Dorf gehen, und wenn ihm Oswald Geld gebe, werde er auch Kaffee, Brot und anderes holen. Oswald erklärte ihm, wo das Schlafzimmer seiner Eltern war, Pius Bikila solle ihm den Gefallen tun und selber schauen, ob er im Schrank des Vaters etwas zum Anziehen finde, er dürfe sich aussuchen, was ihm gefalle. Pius Bikila warf das Leintuch ab, das er sich nach dem Bad umgelegt hatte, und ging. Oswald hörte ihn nebenan singen. Nach einer Weile kam er in einem dunkelbraunen Anzug, weißem Hemd und grüner Krawatte in die Küche. Oswald kannte den Anzug, sein Vater hatte ihn selten getragen, der wollige Stoff gab ihm das Aussehen eines

Fells. Als ihm Pius Bikila den Rücken zuwandte, glaubte Oswald einen Augenblick, er sehe seinen Vater vor sich. Aber Pius Bikila war kleiner, als Oswalds Vater gewesen war, er mußte die Ärmel und die Hosenbeine aufkrempeln. Im Vorraum unter der Treppe seien früher immer Gummistiefel gestanden, sagte Oswald. Pius Bikila fand die Stiefel und auch eine Mütze. Oswald solle sich keine Sorgen machen, sagte er, er komme auf alle Fälle wieder zurück und er werde gute Sachen einkaufen. Oswald gab ihm zweitausend Schilling, und Pius Bikila machte sich auf denselben Weg, auf dem sie gekommen waren.

Oswald blieb in der Küche sitzen und wartete. Zuerst war er froh, allein zu sein, aber als ihn die Erinnerungen bedrängten, wurde ihm die Zeit lang, bis Pius Bikila wiederkam. Er trank die Flasche leer und spürte die Wirkung des Weins. Er kam in Versuchung, durch das Haus zu gehen und nach bekannten Dingen zu sehen. Als Pius Bikila an das Küchenfenster klopfte, waren über eineinhalb Stunden vergangen.

Pius Bikila war naß bis auf die Haut und fror.

Oswald schaltete das Backrohr des Küchenherdes ein und legte die nassen Kleider zum Trocknen über einen Stuhl. Pius Bikila hatte vier Nylontaschen voll eingekauft und die Arme taten ihm weh vom Tragen. Da waren zwei Kilo Kaffee, zwei Stangen Zigaretten, Schwarzbrot, Butter, Käse, Tomaten, Bananen, Joghurt, Eier, Speck, Schokolade, Essiggurken und acht Tüten Kartoffelchips. Sie brieten sich Eier mit

Speck, und bald wurde es warm in der Küche und die Fenster beschlugen. Sie hörten Musik aus einem Kofferradio, Oswald deckte den Tisch mit dem guten Geschirr aus der Kredenz im Wohnzimmer, er suchte auch nach Kerzen, fand aber keine. Wie schön es doch sei, in der Küche zu Abend zu essen, sagte Pius Bikila.

Im Alter von fünfzehn Jahren sei er manchmal nachts in die Küche gegangen und habe aus demselben Kofferradio Musik gehört, sagte Oswald. Er habe es in seinem Zimmer nicht ausgehalten, da hätten nämlich der Schrank, das Bett und sogar die Wände auf einmal riesige Brüste bekommen. Schuld sei die Mutter seines Mitschülers gewesen.

Pius Bikila kannte die Geschichte. Oswald hatte sie oft erzählt, wenn sie nach ihrer Arbeit als Detektive im »Interspar« nach Hause gekommen waren, zu Abend gegessen, Wein getrunken und Marihuana geraucht hatten.

Oswalds Mitschüler hatte nicht weit von ihm gewohnt; während der Schulzeit waren sie beide zusammen mit dem Zug nach Feldkirch gefahren. Dem Vater des Mitschülers gehörte ein Baugeschäft. Er hatte sich vom einfachen Maurer zum Baumeister mit eigener Firma emporgearbeitet, Geld bedeutete ihm weniger materieller Wohlstand als soziales Prestige. Daß sein Sohn aufs Gymnasium ging, war ihm ebenso wichtig wie das Geschäft. Manchmal, wenn er gerade in Feldkirch zu tun hatte, holte er ihn von der Schule ab und lud auch andere Buben, die im Unterland wohnten, ein, in dem großen Opel Kapitän mitzufahren. Dann erzählte er immer wieder die Geschichte, als er, knapp zwanzigjährig, mit seinen Maurerkollegen, die allesamt später bei seiner Baufirma arbeiteten, zu einem Wochenendurlaub in Zürich gewesen war, wo sie den letzten Zug versäumt und ihr Geld zusammengelegt hatten, um mit einem Taxi die zweihundert Kilometer nach Vorarlberg zu fahren; und weil der schweizer Taxifahrer Zweifel an ihrer Zahlungsfähigkeit zeigte, und weil sie sich da wie arme vorarlberger Lumpenhunde vorkamen, die ohnehin während der Nachkriegszeit von der reichen Schweiz durch Almosenpakete, gefüllt mit Toblerone-Schokolade, gedemütigt worden waren, setzten sie Pokergesichter auf, riefen ein zweites Taxi heran, legten ihre Hüte auf den Rücksitz und fuhren so im Konvoi, vorne die Männer, hinten die Hüte, nach Hause.

Der Mann machte sich Sorgen um das schulische Fortkommen seines Sohnes im Fach Mathematik. Oswald war in Mathematik der Beste der Klasse; einmal gab ihm der Bub einen Brief der Mutter, in dem sie ihm eine Aufbesserung seines Taschengeldes antrug, wenn er mit ihrem Sohn lerne. In dem Brief sprach sie mit Oswald wie mit einem Erwachsenen und von ihrem Sohn wie von einem Kind. Oswald nahm an.

Die Mutter war eine üppige Frau mit hochtoupierten Haaren, die für Oswald Kaffee kochte und für ihren Sohn Kakao, sich über ihre Hefte beugte, wenn sie beide lernten. Sie zeigte Interesse für die Aufgaben; die sie selbst nicht verstand, ließ sie sich ausführlich erklären, auch wenn ihr Sohn sie längst begriffen hatte. Manchmal war es so, daß Oswald mehr mit ihr redete als mit seinem Mitschüler. Er führte mathematische Rätsel vor, die er zu Hause in einem Buch nachschlug, berichtete von Neuigkeiten auf wissenschaftlichem Gebiet, die seinen Mitschüler langweilten, dessen Mutter aber zu interessieren schienen; wie zum Beispiel von der Entwicklung einer elektronischen Rechenmaschine, die in fünfundachtzig Minuten eine 2917-stellige Primzahl ermittelte, wofür das menschliche Hirn 80000 Jahre benötigen würde – »Vom Neandertaler bis heute!« –, und erklärte der Mutter auch, was eine Primzahl ist.

Ihr großer Busen verwirrte ihn dermaßen, daß er sich bald nicht mehr auf das Rechnen konzentrieren konnte. Eines Tages teilte ihm sein Mitschüler mit, er verzichte bis auf weiteres auf den Nachhilfeunterricht, Oswald verstehe die Mathematik auch nicht besser als er. Tatsächlich war Oswald, seit er mit ihm lernte, in Mathematik abgefallen, er konnte sich auch zu Hause und in der Schule nicht mehr mit dem Fach beschäftigen, ohne an den Busen zu denken.

Eines Abends während der Sommerferien, als er im Alten Rhein bei Hohenems zum Baden war, sah er die Mutter in einem Hollundergebüsch stehen und sich umziehen. Sie trug einen roten einteiligen Badeanzug und hatte das Oberteil abgestreift. Sie drehte sich um, und als sie ihn erkannte, grinste sie und tat einen Schritt auf ihn zu. Ihre nackten Brüste standen breit auseinander vom Körper ab. Oswald rannte davon. Zuhause nahm er seinen zweijährigen Bruder Benedikt und fuhr ihn im Kinderwagen kreuz und quer durch die Siedlung.

Zu Beginn des Schuljahres vergaß der Mitschüler über seine erneuten Schwierigkeiten in Mathematik die Bedenken und bat Oswald, wieder mit ihm zu lernen. Oswald lehnte zunächst ab, aber seine Neugierde und seine entzündete Phantasie waren stärker.

Die Mutter war allerdings außer Haus, wenn er kam – und so hatte Oswald auch keine Lust, Mathematik zu betreiben; er setzte sich vor den Fernseher. Sein Mitschüler jammerte zuerst, wollte ihn sogar hinausschmeißen, drehte ihm immer wieder das Gerät ab, aber Oswald sprach ein Machtwort, und da gab er es dann auf und setzte sich zu ihm. Sie ließen von der Kinderstunde bis zur Werbung alles über sich ergehen; sie kannten alle Halbstundenabenteuer des klugen Pferdes Fury, sahen die Selbstverbrennung eines buddhistischen Mönches in Südvietnam und waren Zeugen der Ermordung von John F. Kennedy. Als Oswald wegen seiner Namensgleichheit mit dem Präsidentenmörder Oswald Lee in der Schule gehänselt wurde, war er stolz auf diesen Schatten des Verbrechens. Er sammelte Zeitungsausschnitte und Illustriertenbilder und heftete jenes Bild, das Oswald Lee zeigt, der unter den Schüssen des Nachtclubbesitzers Jack Ruby zusammenbricht, in seinem Zimmer an die Wand.

Inzwischen war es Nacht geworden. Pius Bikila hatte seine Schüchternheit dem fremden Haus gegenüber abgelegt. Oswald war betrunken. Die Kartoffelchips hatte Pius Bikila zur Hälfte aufgegessen. Ein Joghurt war noch übrig, das schob er Oswald hin, aber der hielt sich weiter an Rotwein und Zigaretten, und so löffelte es Pius Bikila hinunter.

Plötzlich sprang Oswald von der Eckbank auf, gab dem Tisch einen Stoß und machte zwei Sätze zum Lichtschalter. Im Hof hörten sie Fußgetrampel. Sie standen in der Dunkelheit, wußten nur die Richtung, wo der andere war, und das Herz klopfte ihnen bis zum Adamsapfel. Sie verhielten sich wie Einbrecher, und gleichgültig, wer im Hof war, sie gaben sich selbst weniger Recht, hier zu sein, als jedem anderen.

»Es sind die Schweine«, sagte Pius Bikila.

Die Schweine stürten in den Abfällen herum, grunzten, schienen aber nicht hungrig zu sein. Als Pius Bikila und Oswald hinter den Vorhängen hervorschauten, hoben die Schweine die Köpfe.

Pius Bikila schaltete das Licht wieder ein. Das Leintuch war ihm von den Schultern gerutscht; er stand nackt da. Er tat einen Schritt vom Fenster beiseite, als wäre es ihm unangenehm, wenn ihn die Schweine so sähen. Oswald war mehr erschrocken als Pius Bikila. Mit dem stieren Blick des Betrunkenen suchte er etwas zum Zuschlagen und griff schließlich nach der Pfanne auf dem Herd, in der sie die Eier gebraten hatten. Fett und Eiweißklümpchen spritzten auf den Boden. Er werde es diesen Säuen zeigen, sagte er. Er hatte immer noch das Leintuch umhängen. Breitbeinig, barfuss, stand er in der Küche, ohne sich zu irgen detwas entschliessen zu können; die Pfanne hielt er wie ein Fahrdienstleiter die Kelle. Es sah aus, als mache er einen Spass, aber er hatte Angst. Wären irgendwelche Leute im Hof gestanden, er wäre eben nur erschrocken und hätte sich bald gefasst, denn schliesslich war er ja der Hausherr; aber Tiere bedeuteten an diesem Tag nur Unheil. Oswald wartete darauf, dass Pius Bikila etwas sagte oder in irgendeiner Weise reagierte.

Der war inzwischen, ohne auf Oswald zu achten, zum Herd gegangen, sich immer wieder umdrehend, als wolle er sich vergewissern, dass die Schweine noch dawaren, obwohl er sie, die im Dunkeln standen, von der hellerleuchteten Küche aus gar nicht sehen konnte. Den noch feuchten Anzug von Oswalds Vater zog er über die nackte Haut.

Oswald stellte die Pfanne wieder auf den Herd zurück und setzte sich. Den Kopf legte er auf die Unterarme. Der Alkohol bewirkte, dass er die Zeit nicht mehr messen konnte. Alles dauerte ihm so lang.

Als er Pius Bikila hinter sich die Hoftür zumachen hörte, schob er den Vorhang zurück und drückte wie ein Kind die Nase an der Scheibe platt. Er sah, wie die Schweine langsam auf Pius Bikila zukamen, und ihm war, als rede dieser mit ihnen. Er sah ihn auf die Mauer deuten, aber es war keine Geste, die die Schweine hätte verscheuchen sollen. Die schauten in die Richtung, in die seine Hand wies, als hätten sie verstanden. Jetzt ging Pius Bikila vor ihnen auf und ab, die Hände in den Jackentaschen – wie eine Figur aus einem Zeichentrickfilm, die überlegt. Die Schweine drehten ihm die Köpfe nach. Zuletzt blieb er auf der betonierten Stufe der Hoftür stehen, und sein Mund und seine Arme bewegten sich. Nach einer Weile formierten sich die Tiere zu einer Ordnung, dann rannten sie im Hof eine Runde, immer die Augen auf Pius Bikila gerichtet, und verschwanden in der Zufahrt.

Oswald setzte sich an den Tisch und legte seinen betrunkenen Kopf auf die Unterarme. Als er aufsah, war Pius Bikila wieder in der Küche. Er stand mit dem Rücken zur offenen Tür des Backrohrs. »Es waren die Schweine«, sagte er.

Zwei Stunden später, es war bald Mitternacht, standen auf der Straße die Nachbarn beisammen und schauten hinauf zum Haus. Einer von ihnen war an diesem Abend spät nach Hause gekommen, weil er in Zürich seine Schwester und seinen Schwager, die aus Irland gekommen waren, vom Flughafen abgeholt hatte. Er war mit dem Auto aus Richtung Lustenau auf der Landstraße zur Siedlung gefahren und hatte seinem Schwager, englisch radebrechend, die Häuser gezeigt. Dabei hatte er zu seiner Verwunderung ein Licht in dem hohen alten Haus bemerkt. Daheim ließ ihm das keine Ruhe, und er sprach mit seinem Vater, und nach dem Essen, als Schwester und Schwager die Betten gezeigt worden waren, gingen sie hinüber.

Aus sicherer Entfernung, geduckt ins Holundergebüsch an der Mauer des Innenhofes, sahen sie zwei Männer in der Küche sitzen, der eine in einem braunen Anzug, der andere in ein Leintuch gehüllt. Sie gingen daraufhin wieder zurück, klingelten bei den Nachbarhäusern, in deren Fenster noch Licht brannte, und berichteten, was sie gesehen hatten. Man war sich einig, jetzt sei geschehen, was immer befürchtet worden war: Ein verwahrlostes, leerstehendes Haus locke Gesindel an.

Einer schlug vor, die Polizei zu verständigen. Die anderen begaben sich in einen Vorgarten und warteten, flüsternd, denn man wollte die Eindringlinge nicht warnen. Bald kamen auch die Frauen dazu, selbst Mäntel umgehängt, brachten sie ihren Männern Jacken und Schirme, stellten sich dazu, die Oberarme gegen die Kälte reibend. Keinem kam der Gedanke, die anderen zu sich ins Haus einzuladen; man wollte draußen bleiben, das Haus im Auge behalten und warten, bis die Polizei kommt. Der Anrufer hatte dem Polizeiposten die Situation sehr gut erklärt, und als die Polizeistreife auf den Weg zur Siedlung einbog, schaltete der Beamte am Steuer den Scheinwerfer aus. Im Licht einer Haustürlampe sahen zwei uniformierte Polizisten Leute stehen und sie traten zu ihnen.

Kaspar Bierbommer hatte vom Keller aus die beiden Männer gesehen, als sie die Mauer entlang in den Innenhof des Hauses schlichen. Nachdem sie den Hof wieder verlassen hatten, war er in den Kohlenkeller gegangen, dessen Fenster zur Straße hin zeigten. Von hier aus hatte er beobachtet, was weiter geschah. Er wußte, daß Oswald nichts zu befürchten hatte, denn schließlich war dies sein Elternhaus, aber an der Art und Weise, wie die Leute beieinander standen, war etwas Zweifelloses, und er befürchtete, daß sie, wenn sie sich entschlössen, gemeinsam zum Haus zu kommen, den beiden in der Küche nicht viel Gelegenheit lassen würden, irgendwelche Erklärungen abzugeben. Zu deutlich war ihm noch im Ohr, was am Nachmittag ein Nachbar, den er nach dem Besitzer gefragt, über dieses Haus und seine Leute gesagt hatte. Außerdem war Oswald inzwischen ein zweites Mal in den Keller gekommen und hatte noch eine Flasche Wein geholt. An seinem Gang hatte Bierbommer bemerkt, daß Oswald schon reichlich betrunken war; im Fall einer Auseinandersetzung hätten Oswalds Beteuerungen wohl wenig Überzeugungskraft gehabt. Natürlich bestand die Möglichkeit – es war sogar wahrscheinlich –, daß wenigstens einer der Nachbarn Oswald erkannte, dennoch: Als Kaspar Bierbommer den unbeleuchteten Polizeiwagen langsam heranfahren sah, überlegte er nicht länger und lief über die Kellertreppe hinauf.

Die Küchentür wurde von außen aufgestoßen; Oswald dachte, es seien die Schweine, aber es war ein großer Mann, der sagte, sie sollten ihre Sachen nehmen und in den Keller kommen, draußen stehe Polizei.

»Ich bin der Hausherr«, sagte Oswald.

Pius Bikila raffte Stiefel und Mütze zusammen, faßte Oswald am Arm, wo er heute schon einmal gefaßt worden war, und zog ihn, ohne ein Wort an den Fremden, hinter sich her in den Keller. Kaspar Bierbommer blieb noch einen Augenblick in der Küche stehen, sah, daß die Spuren, die die beiden hinterlassen hatten, in so kurzer Zeit nicht beseitigt werden konnten, und stieß ein Fenster auf, so daß der Eindruck entstehen mußte, die Eindringlinge hätten die Flucht ergriffen. Dann lief er ihnen in den Keller nach.

Im Flur sah er den Fellmantel liegen und zögerte. Draußen hörte er schon die Stimmen der Nachbarn. Er nahm den Mantel, drückte ihn an sich und verschwand im Keller.

Jetzt wurde oben an die Hoftür geschlagen und eine Stimme rief: »Aufmachen, Polizei!«

Unten an der Kellerstiege stand Pius Bikila. Kaspar Bierbommer konnte ihn in der Dunkelheit nicht sehen, er hörte ihn etwas flüstern und streckte die Hand nach ihm aus. Pius Bikila führte den Fremden in den Weinkeller, wo Oswald hinter den alten Fässern ein Versteck wußte. Eng zusammengepfercht saßen sie auf dem Boden, der feucht war und modrig roch, und lauschten.

Ein Beamter war durch ein Küchenfenster gestiegen und öffnete dem anderen von innen die Tür. Zu den Nachbarn sagte er: »Ich muß Sie bitten, draußen zu bleiben.«

Hinter den Weinfässern hörten sie die Polizisten im Haus herumgehen. Plötzlich wurde oben an der Kellertreppe die Tür aufgestoßen, ein Beamter rief: »Ist da jemand?« Aber er machte sich nicht die Mühe hinunterzusteigen. Nach einer Weile hörten sie einen Nachbarn an der Tür sagen: »Die Vögel sind ausgeflogen.« Dann war es still.

Sie sprachen erst miteinander, als sie das Haus schon weit hinter sich gelassen hatten und auf den Schwellen der Bahnlinie gingen. Oswald wankte einige Meter hinter Pius Bikila und Kaspar Bierbommer her, manchmal hörten sie ihn maulen. Er war total betrunken und konnte kaum mit ihnen Schritt halten, obwohl sie sich bemühten, langsam zu gehen.

Pius Bikila traute sich nicht zu fragen, wer Kaspar Bierbommer sei, und Kaspar Bierbommer, der immer noch den Fellmantel unter dem Arm trug, sagte von sich aus nichts. Sie sprachen vom »Interspar« in Dornbirn, und daß Pius Bikila eine Möglichkeit sehe, dort einzusteigen und den Rest der Nacht und den nächsten Tag dort zu verbringen, ohne daß sie entdeckt würden.

Das hatten sie sich immer vorgestellt, als Oswald und er noch gemeinsam als Ladendetektive arbeiteten: unbemerkt in einem Supermarkt zu wohnen, am Tag zu schlafen und in der Nacht zu leben wie Gott in Frankreich. Sie hatten sich auch umgesehen, wo in dem breiten, aus Stahlgerüst und Wellblech gebauten »Interspar« ein Fleck wäre, um sich dort zu verstecken. In halber Höhe waren Doppel-T-Träger aus Stahl eingezogen, an denen Neonleuchten befestigt waren. Dadurch wirkte die Halle niedriger. Dieser Rost war nur an wenigen Stellen abgedeckt, so bei der Lampenabteilung, damit die Ware dichter gehängt werden konnte, und auch bei der Kleiderabteilung, damit eine intimere Atmosphäre entstand und die Anprobekabinen nach oben nicht offen waren. Allerdings waren diese Stellen vom Kontrollbüro aus einsehbar. Die einzige Möglichkeit, ungesehen zu bleiben, war außerhalb des eigentlichen Einkaufsbezirks, nämlich über dem Blumenladen, der selbständig geführt wurde und beim Eingang an die Innenwand gebaut war. In den Markt einzusteigen, war leichter, als sie ursprünglich angenommen hatten. Bei einigen Entlüftungsrohren waren die Propeller herausgenommen worden, weil sie beschädigt waren; man hatte keine Notwendigkeit gesehen, sie reparieren zu lassen. Das Außengitter der Rohre mußte entfernt werden – sie wußten nicht wie, weil sie noch nie auf dem Dach gewesen waren.

»Also drei Schwierigkeiten«, sagte Pius Bikila, »erstens aufs Dach zu kommen, zweitens das Gitter zu entfernen und drittens durch die Entlüftungsrohre ins Innere zu steigen und sich auf einen Doppel-T-Träger herunterzulassen.«

Es regnete nicht mehr, aber ein kalter Westwind wehte. Pius Bikila fror, denn er hatte sich nicht mehr getraut, noch einmal mit Oswald in das Zimmer zu gehen, in dem der Kleiderschrank stand; er trug nur den braunen Anzug ohne Unterhemd, ohne Hemd. Kaspar Bierbommer legte ihm den Pelzmantel über die Schultern. Pius Bikila sagte: »Danke, edler Fremdling«, weil er meinte, das sei ein kleiner Witz, der es dem großen Mann leichter machen würde, über sich zu sprechen. Bierbommer erwiderte nichts.

Pius Bikila ging voran, hinter ihm Bierbommer und dann in weiterem Abstand Oswald, der allmählich nüchtern wurde. Er trug einen Anzug von seinem Vater, einen schwarzen, und hatte sich sogar eine Krawatte umgebunden. Auf der Uhr im Bahnhof Hohenems sahen sie, daß es kurz vor zwei war. Sie begegneten niemandem, als sie auf den Schwellen durch den Ort gingen.

Hinter Hohenems, wo ein Feldweg unbeschrankt die Geleise kreuzt, standen die Schweine. Bierbommer und Oswald, der inzwischen aufgeholt hatte, blieben stehen, Pius Bikila ging weiter, als habe er nichts bemerkt. Oswald hatte, seit sie aus dem Haus geschlichen waren, noch kein Wort mit Bierbommer gewechselt. Jetzt standen sie beieinander und schauten zu, wie Pius Bikila mit den Schweinen redete.

Beieinander standen Vater und Sohn.

Genügt die Dauer eines normalen Lebens nicht, um im Gesicht eines anderen Ähnlichkeit mit dem eigenen Gesicht zu erkennen, so reicht doch ein zweihundertundfünfzig Jahre währendes Leben dazu aus. Der Zweihundertundfünfzigjährige hatte auf dem Stein, der das Teufelsohr genannt wird, mit der Zigaretten rauchenden, Nußschokolade essenden

Frau einen Sohn gezeugt. Er hatte zu seinem Gesicht, das so lange gleich geblieben war, Distanz wie zu dem Gesicht eines anderen. In Oswalds Brauen, die über der Nasenwurzel zusammengewachsen waren, erkannte er seine Brauen; in den leicht geschlitzten Augen erkannte er seine Augen; die schmalen Wangen waren seine Wangen; und der Mund war sein Mund.

Oswald bot Kaspar Bierbommer eine Zigarette an, und in der Flamme des Feuerzeugs sahen sie sich in die Augen. Oswald bemerkte die Ähnlichkeit nicht. Er war müde vom Rotwein. Er wollte schlafen, irgendwo, seine Wohnung in Bregenz in der Maurachgasse kam ihm dabei gar nicht in den Sinn. Der vergangene Tag schien ihm lang wie ein Jahr, und was mit der heißen Herdplatte geschehen war, juckte ihn nicht. Er wollte nichts von Bierbommer hören; nicht wer er war, nicht, was er in dem Haus gesucht hatte.

Bierbommer wußte nicht, wieviele Kinder er in seinem Leben gezeugt hatte. Was kümmern einen Kinder, die man mit Sicherheit überlebt. Er blickte noch einmal in Oswalds Gesicht; ein Desperado, ein Attentäter, dachte er.

Sie sahen Pius Bikila, der sich zu jedem Schwein niederbeugte, als folgte er einem Ritual, und sie sahen, wie sich die Schweine formierten und ins Ried liefen.

Dann ging Pius Bikila zu Oswald und Kaspar Bierbommer, und als er nahe bei ihnen war, fuhr auf der Bundesstraße ein Auto vorbei, dessen Scheinwerfer ihre Gesichter anstrahlten, und Pius Bikila rief: »Ihr seht euch ähnlich! Ihr seht wahnsinnig gleich aus! Ihr seht euch ähnlich wie Brüder!«

Kaspar Bierbommer fragte er: »Wie alt sind Sie?«

»Zweihundertundfünfzig Jahre«, sagte Bierbommer, und es war ein so fauler Witz, daß Pius Bikila und Oswald gar nicht antworteten, sondern auf den Schwellen weitergingen, Bierbommer hinter ihnen her.

Eine Dreiviertelstunde später standen sie auf dem geteerten Parkplatz vor dem »Interspar«. Bierbommer sagte, er müsse weiter, ob ihm Oswald den Fellmantel verkaufen wolle. Der Mantel gehöre Pius Bikila, sagte Oswald. Er könne den Mantel ruhig haben, sagte Pius Bikila, jedenfalls, wenn es ihnen gelänge, in den Supermarkt einzusteigen, weil dann werde er sich sowieso ganz neu einkleiden. Er wolle dafür bezahlen, sagte Bierbommer. Seinetwegen könne er ihn umsonst haben, sagte Pius Bikila, und zu Oswald gewandt: »Du wirst doch von deinem Bruder kein Geld nehmen.«

Sie gingen um das großflächige Gebäude herum und besprachen Möglichkeiten, aufs Dach zu gelangen. Aber es war nicht nötig. An der Rückseite, wo die Rampe war, an der die Kühlautos das Fleisch abluden, war vergessen worden, die Tür abzuschließen. Es war der Heilige Fidelis gewesen, der einen gewissen Oskar Zambanini um 19 Uhr für die Dauer einer Viertelstunde mit Verwirrung und Vergeßlichkeit geschlagen hatte. Sie betraten den Raum, wo das

Fleisch zerkleinert und in Plastikfolien verschweißt wurde. Hier roch es nach Sägemehl und Chlor. Die Türen zum Inneren des Supermarkts waren zwar abgeschlossen, aber durch eine Durchreiche konnte man hineinkriechen. Ohne sich von Bierbommer zu verabschieden, kroch Oswald als erster hindurch. Pius Bikila gab Bierbommer den Mantel, hob die Hand zum Gruß, nickte und folgte Oswald nach. Trotz seiner Körperfülle war er gelenkiger als dieser.

Pius Bikila ging voran. Von der anderen Seite der Halle her war ein schwacher Lichtschein zu sehen. Dort war der Haupteingang, vor dessen breiten Türen ein Gitter heruntergelassen war. Man sollte sich zuerst Taschenlampen und Batterien besorgen, flüsterte Pius Bikila. Sie kannten sich aus, trotzdem verliefen sie sich einige Male in der Dunkelheit. Pius Bikila nahm zwei Stablampen von einem Regal und füllte sie mit Batterien. Oswald solle Decken und ein Abschleppseil holen, sagte er, er werde zu Essen und zu Trinken besorgen. Sie trennten sich und konnten bald nur noch an den hie und da aufleuchtenden Lichtkegeln erkennen, wo der andere gerade war.

Zuerst ging Pius Bikila zur Wäscheabteilung, nahm einen Plastikpack mit langen Unterhosen und einen mit einem Unterhemd, drei Paar Wollstrümpfe und ein Flanellhemd; dann holte er bei der Herrenbekleidung Hose, Jacke, Pullover und Mantel und ging weiter zu den Lebensmitteln.

Eine Viertelstunde später trafen sie sich vor dem Blumenladen außerhalb der Kassen. Oswald war vorher schon dagewesen, hatte einige Dinge abgestellt – ein kleines Fernsehgerät, das mit Batterien lief, einen Radioapparat, zwei Pakete mit je zwei Wolldecken und zwei Daunendecken. Pius Bikila trug einen Seesack voller Lebensmittel auf dem Rücken und mit beiden Armen an die Brust drückte er die Pakete mit den Kleidungsstücken. Mit dem Abschleppseil konnten sie nicht auf die Zwischendecke über dem Blumenladen gelangen, weil sonst die Umfassung, auf der der Name des Besitzers stand, abgebrochen wäre. Pius Bikila ging noch einmal und brachte aus der Werkzeugabteilung eine Aluminiumleiter. So kletterten sie mit einiger Mühe auf die Zwischendecke und reichten sich die Sachen nach. Die Leiter zogen sie hoch und im Schutz der Umfassung richteten sie sich ein, damit man sie am Tag vom Kontrollstand aus nicht sehen konnte.

Pius Bikila zog die frischen Sachen an, legte sich auf die Wolldecken und deckte sich mit der Daunendecke zu. Er war zu müde, um zu sprechen, aber doch zu aufgeregt, um einzuschlafen. Die Decke hatte er sich über den Kopf gezogen und darunter hervor beobachtete er Oswald, der sich die Daunendecke wie einen Mantel um die Schultern gelegt hatte, an die Umfassung gelehnt dasaß und rauchte. Seine Bewegungen waren anders als sonst, sein schattenhafter Umriß wirkte fremd.

Der Mann Oswald Oswald hatte in dieser Nacht sein Image heruntergewirtschaftet und damit seine Seele. Denn tatsächlich war sein Leben, seit er auf sich allein gestellt war, in den Dimensionen des Kinos verlaufen; das Einverständnis mit sich selbst war immer das Einverständnis mit einer Rolle gewesen. Er konnte sich nicht unter eine Birke stellen, ohne daß sein Körper in der Haltung und sein Gesicht im Ausdruck eine Kinoszene dazuerfunden hätten; und es hatte nur kurze Zeit bedurft, bis Körper und Gesicht unabhängig von seinem Willen sich in dieser Art verhielten. Weil es in der Welt des Kinos keine Zeit, also keine Vergangenheit und keine Zukunft gibt, war es auch nichts Wunderbares, daß er Szenen voraussehen konnte. Was ihm an seiner Mutter fremd war, hatte er von ihr geerbt. Als die Pose der Rebellion von ihm abfiel, blieb ein einfaches, mit keiner Filmmaske vergleichbares, trauriges Gesicht eines Narren. Roswitha Rudigehr hatte es erkannt, als sie ihn am Tag zuvor im Ried bei Lauterach gesehen hatte, wie er am Weg stand, an der einen Hand ein Paket, in der anderen Hand Banknoten.

Der andere Mann, Pius Bikila Bickel, der ihn bis zu dieser Nacht bewundert hatte, weil ihm die Gleichgültigkeit, mit der er auf die Welt zu schauen vorgab, als eine mögliche Errettung vor Demütigungen und dem Winzigmachen seiner eigenen Person erschienen war, hatte sich in dieser Nacht von ihm abgewandt, und es waren keine Diskussionen vorangegangen, sondern lediglich der Anblick dessen Gesichts, in dem er nichts anderes sah als Augen, Nase und Mund.

Zehn Stunden des folgenden Tags hatte Pius Bikila

über dem lärmenden Supermarkt das schlafende Gesicht Oswalds vor sich, das weiß war und feucht und grau war von Bartstoppeln und nach Wein roch. Als der Supermarkt schloß, weckte er ihn auf. »Ich gehe«, sagte er.

Draußen wurde es dunkel. Die Tür zur Fleischabteilung war diesmal verschlossen, aber von innen ließ sich die Verriegelung öffnen. Oswald ging hinter ihm her und redete auf ihn ein, er solle bleiben.

Vor der Tür warteten die Schweine. Pius Bikila beugte sich zu jedem einzelnen nieder, wie er es in der vergangenen Nacht bei dem unbeschrankten Bahnübergang getan hatte; dann ging er mit ihnen, ohne sich von Oswald zu verabschieden oder sich auch nur einmal nach ihm umzudrehen.

Im Dämmerlicht sah Oswald, wie Pius Bikila allmählich auf alle Viere niedersank und sich verwandelte. Als er ganz Schwein war, blieb er doch noch einen Augenblick lang stehen und drehte sich um.

Der Mann im schwarzen Anzug

Am 31. Oktober 1902 wurde in den Italienerbaracken des Dorfes Vandans ein Knabe geboren, den seine Mutter, sobald sie aus dem Kindbett war, heimlich zum Pfarrer brachte und auf den Namen Viktor taufen ließ. Der Pfarrer verzichtete auf eine Eintragung ins Taufregister, weil ihn die Frau inständig darum bat; ihr Mann dürfe davon nie etwas erfahren. Nach sieben ungetauften Töchtern hatte sie ihre Gewissensbisse nicht mehr ertragen und den Geistlichen aufgesucht. So erfuhr Viktor Spanolla sein ganzes Leben lang nicht, daß er Mitglied der alleinseligmachenden katholischen Kirche war, und würde er es erfahren haben, es hätte ihn der Schlag getroffen.

Mit siebzehn Jahren, nach Ende des Ersten Weltkriegs, wurde er Mitglied der Sozialdemokratischen Arbeiterpartei und folgte damit ebenso dem Wunsch seines Vaters wie auch seiner eigenen Gesinnung. Seine Gesinnung trug er ein Leben lang auf den Lippen, was ihn zweimal ins Gefängnis brachte, einmal unter Schuschnigg und einmal unter Hitler. Er war sich immer über alles im klaren, Zweifel an dem, was er wollte, kannte er nicht. Er war noch keine dreißig und galt bereits als Kauz. Er hatte sich als Kind gewünscht, Lokomotivführer zu werden, und er war es geworden. Früher war er längere

Strecken gefahren, Bludenz – Hall, später hatte er darum gebeten, in kürzeren Abschnitten eingesetzt zu werden, und so fuhr er die Strecke Bludenz – Bregenz und retour achtundzwanzig Jahre lang.

Als sein Enkelkind mit dem komischen Namen Pius Bikila in ein Alter kam, von dem der Spanolla annahm, daß es Kinder befähige, zuzuhören und etwas fürs Leben zu lernen, beschloß er, auf dessen Erziehung Einfluß zu nehmen. An seinem achtzigsten Geburtstag, als er im schwarzen Anzug vorne in der Lok neben einem Kollegen stand, den er nicht kannte, von dem er nur wußte, daß ihn die Bludenzer Eisenbahner zu dieser Fahrt überredet hatten, fiel ihm ein, wie er knapp vor seiner Pensionierung an einem 1. Mai, mit seinem Enkel neben sich, die Lokomotive von Bludenz nach Bregenz zur Maikundgebung von Partei und Gewerkschaft gefahren hatte. Auf der ganzen Strecke war er nicht aus dem Fluchen herausgekommen, weil die Schwarzen im Nationalrat gegen die Sozialistische Partei durchgesetzt hatten, daß Otto von Habsburg nach seinem siebenundvierzigjährigen Exil nun einen österreichischen Paß bekam. Der kleine Pius Bikila stand auf einem Schemel, schaute vorne zum Fenster hinaus und lutschte an einer Tafel Schokolade.

Der Spanolla fluchte nicht nur aus innerer Empörung, sondern auch mit didaktischer Absicht. Weil er nämlich wußte, daß Engelbert Bickel hinterher war, seinen Sohn katholisch zu erziehen, und ihn deshalb selten genug dem sozialistischen Großvater überließ, nützte er jede Gelegenheit, wenn er mit dem Buben zusammenwar, gleichzeitig ihn zu verwöhnen und auf die Kirche zu schimpfen, mit der festen Absicht, auf diese Weise in seinem Kopf Schokoladegenuß und Antiklerikalismus zu verknüpfen, zumal er annahm, daß die Vorstellungen des Vaters von gesunder sportlicher Ernährung den Buben nur selten in den Genuß von Süßigkeiten brachten. Der Spanolla war für klare Fronten: hier die Sozialdemokratie, der Austromarxismus, die Kirchenfeindlichkeit und die Schokolade; da die »alten Kasiner«, die Austrofaschisten, die Betbrüder und keine Schokolade. Sein eigener Großvater hätte besser daran getan, in Italien zu bleiben, sagte er, als zum Bau des Arlbergtunnels in dieses Land zu kommen. Der Spanolla hatte nämlich seiner ganzen Vorfahrenschaft strenge Kirchenfeindlichkeit angedichtet und behauptete bei jeder Gelegenheit, sein Großvater sei aus Italien ausgewandert, weil der Papst das Dogma seiner Unfehlbarkeit verkündet habe. Tatsächlich waren die Spanollas 1870, zur Zeit des Vatikanischen Konzils, ausgewandert, ihre Auswanderung aber hatte wirtschaftliche Gründe. In seiner Kirchenfeindlichkeit war der Spanolla noch überzeugter als in seinem Sozialismus. Sein Vater habe das ganze Leben lang in die »Flamme« einbezahlt und sei vor Ärger fast gestorben, als die Feuerbestattung von der Kirche schließlich erlaubt worden war.

Er sah in der Begeisterung der Vorarlberger Bevölkerung für die Paßverleihung an Otto von Habsburg ein Zeichen ihrer Kirchenhörigkeit, die zwischen Gott und Vaterland gerne noch einen Kaiser gesehen hätte, damit zur Unfehlbarkeit des Papstes auf religiösem Gebiet auch noch die Unfehlbarkeit des Kaisers auf politischem Gebiet trete.

So hatte der Spanolla auf den sechsjährigen Pius Bikila eingeredet, der eingeschüchtert und verständnislos an seiner Schokolade kaute und mit den Fingern die Scheiben der geschmückten Lokomotive verschmierte. In Bregenz bei der Kundgebung am Seeufer schrie der Spanolla plötzlich auf, ließ die Hand seines Enkels los und rannte zu dem Fahnenrondell, das im Rasen stand. Denn er hatte neben anderen Fahnen die schwarz-goldene Habsburgerfahne gesehen und wollte sie herunterreißen. Nur mit Mühe konnten ihn zwei Genossen davon abhalten, und auch erst, als sie ihm klarmachten, daß dies nicht die Habsburgerfahne sei, sondern die Fahne von Baden-Württemberg, die zufällig gleich ausschaue. Pius Bikila hatte sich in Grund und Boden geschämt.

Viktor Spanolla war ein Bludenzer Original, von dem man sich erzählte, er stelle sich vor dem Schlafengehen den Wecker auf halb vier, nur um eine Zigarette zu rauchen; und weil er es am Morgen immer zu eilig habe, um zu frühstücken, nehme er einen Löffel Neskaffee und einen Schluck Milch in den Mund, lasse warmes Wasser vom Brunnen nachlaufen, spüle und gurgle und schlucke diesen »schnellen Braunen« hinunter.

Er war ungesellig und griesgrämig, schimpfte auf

alles und jeden; aber auch wenn sein Zorn noch so groß war, erweckte er immer den Eindruck der Ironie, weswegen ihn auch die meisten Menschen für einen liebenswürdigen Kauz hielten.

Auch an seinem achtzigsten Geburtstag machte er keine Ausnahme; während der ganzen Fahrt von Bludenz nach Bregenz hatte er dem Lokführer Empfehlungen gegeben, hatte Kritik angebracht, dessen Vorgesetzte beschimpft, versucht, ihm Stellungnahmen abzuringen und ihn auszufragen wie ein Lehrer einen Schüler. Aber entweder die Maschinen dröhnten zu laut, oder der Lokführer war taub, oder die Stimme des alten Spanolla hatte sich nach lebenslangem Fluchen endgültig ruiniert: Der Lokführer hörte ihn nicht.

Als er im Büro des Güterbahnhofs stand, in der Hand eine Tasse Kaffee, die ihm irgend jemand gegeben hatte, ärgerte er sich, daß soviel Aufhebens gemacht wurde wegen einer Lappalie, denn er meinte, es sei nichts weiter passiert als ein Kurzschluß. Er stand den anderen im Weg, der eine bat ihn, beiseitezutreten, der andere führte ihn hierhin, ein dritter meinte, er möge dort drüben Platz nehmen. Er wußte nicht, ob es derselbe war oder immer ein anderer. Zum Schluß saß er auf der schmalen Liegepritsche, die für den Nachtdienst eingerichtet war, sein Kopf fiel ihm vor Müdigkeit auf die Brust und er nickte ein.

Als ihn einer an der Schulter rüttelte, wußte er zuerst nicht, wo er war. Der Schaden war inzwischen behoben, der Personenzug ohne ihn weitergefahren; der Fahrdienstleiter war abgelöst worden, und der Bürgermeister saß bereits im Wirtshaus. Ein Mann in blauem Drillichanzug fragte, was er hier mache. Er wolle eine Fahrkarte Bludenz einfach, sagte der Spanolla.

Die Heilige Rosina von den stillen Frauen Vorarlbergs

Am hellichten Nachmittag verwandelte sich Rosina in einen Kleiderschrank, der in der Küche stand, als ihr Vater kam, um sie nach Lustenau in ihr Elternhaus zu bringen. Es war zwei Tage vor Allerheiligen.

Der Mann, der für tot erklärt worden war, hatte nichts mehr von sich hören lassen, seit er aus der Verschollenheit zurückgekehrt und eine Nacht zu Hause gewesen war. Sein Schwiegervater hätte ihm gern die Leviten gelesen; es war ihm unbegreiflich, was in diesen ruhigen zuverlässigen Mann gefahren war. Allen war es unbegreiflich, jedem anderen hätte man ein solches Verhalten zugetraut; ihm, der nur aus Verstand zu bestehen schien, nicht.

Rosinas Vater machte sich weniger Sorgen um seine Tochter als um den Posten, den ihr Mann so mir nichts dir nichts im Stich gelassen hatte, umsomehr als sein Nachfolger kläglich gescheitert war. Aber seit ihr Sohn nach Innsbruck gezogen war, und Rosina, wie er meinte, allein in dem Bungalow lebte – von Oswald wußte er nichts –, fühlte er doch Beklemmung bei dem Gedanken an sie. Er gestand vor sich selbst, daß Rosinas Zustand mit den Worten »ein wenig sonderbar« nicht ausreichend beschrieben war. Seine Frau plärrte ihm in der Nacht die Ohren voll und von ihrer ältesten Tochter redete sie wie von einem kleinen Kind. Jetzt da niemand mehr dawar, der sich um sie sorgte, quälten die Mutter Schuldgefühle, die auch der Vater in sich spürte, die ihm aber lästig waren, weil sie ihn, wie er sagte, von wichtigeren Dingen ablenkten. Um seinen Schwiegersohn machte er sich gar keine Sorgen; es wunderte ihn zwar, daß man keine Unterschlagungen hatte nachweisen können, denn dann hätte es für sein Verschwinden wenigstens einsehbare Gründe gegeben; aber er hatte keinen Zweifel an dessen Realitätssinn, so daß er jetzt, da klar war, daß er lebte, sich um sein Wohlergehen keine Gedanken machte.

Rosina hatte den Bungalow, seit sie allein war, nur verlassen, um einzukaufen oder spazierenzugehen. Den Mann, der sie noch vor zwei Wochen heiraten wollte, vergaß sie. Oswald hatte sie zu sehr sich selbst überlassen, so daß in ihrer Seele wenig Spuren zurückgeblieben waren. Gleichwohl sie an der Geschäftigkeit, den Gesprächen und dem Untereinander von Menschen, die sie umgaben, scheinbar nicht teilnahm, war sie es dennoch nicht gewöhnt, allein zu sein. Aber eigentlich war sie nicht allein; sie wurde beschützt, und Verzagtheit oder gar Verzweiflung wurden nicht zugelassen. In ihrem Kopf blühten Erinnerungen an ihre Kindheit auf, und diese Erinnerungen umgaben sie wie Geschäftigkeit und Gespräche und das Untereinander von Menschen. Die Bilder verbanden sich mit der Wirklichkeit, so daß kein Unterschied war zwischen dem Haus ihrer Kindheit und dem Bungalow. Die Zeit und das Älterwerden waren aufgehoben worden; sie war die Rosina jedes ihrer Jahre.

Rosinas Erinnerung sagte: Die Tochter des Maurers, der drei Häuser weiter wohnte, klingelte an der Tür und fragte, ob Rosina zum Spielen komme. Weil ein regnerischer Tag war, spielten sie im Haus des Maurers; und der Bungalow im Dornbirner Oberdorf wurde zu dem Haus des Maurers: ein enges Holzhaus, das weiß gestrichen war und ein steiles Dach hatte und einen Gemüsegarten und einen Hühnerstall und eine Jauchegrube, die mit Holzplanken zugedeckt war, auf die man nicht treten durfte. Der Maurer war an diesem Tag nicht zur Arbeit gegangen, weil ihm der Rücken vom Hexenschuß schmerzte. Die Mutter gab den Mädchen in Schmalz braungebackene Weißbrotwürfel zu essen. Ihr Mann lag mit dem Bauch auf dem Kanapee in der Küche, und während sie über die schlechten Zeiten jammerte und die Kinder ermahnte, keine Sauerei zu machen, legte sie ihm ein Handtuch auf den Rücken und bügelte mit dem Bügeleisen darüber. Die Mädchen wollten, daß ihnen die Mutter das gleiche mache; sie legten sich über zwei Stühle, und die Mutter strich ihnen mit dem Eisen über die Pullover.

Rosina im Bungalow holt die geplättete Wäsche aus den Schränken und bügelt, bis es im ganzen Haus danach riecht. Sie sitzt in der Küche, und es ist warm und gemütlich wie in der Küche des Maurers.

Rosinas Erinnerung sagt: Am Sonntag wollten ihre Eltern einen Ausflug nach Oberbildstein machen, die Freundin dürfe ruhig mitgehen. Im Postauto wurde es den Mädchen schlecht. In Oberbildstein bekamen sie Pfefferminztee, die Mutter und der Vater tranken Bier aus der Flasche. Dann sagte einer in der Gaststube, jetzt gehe es los. Alle standen auf, nahmen ihre Flaschen und Gläser und gingen hinaus auf den Abhang, von wo aus man über das Rheintal und weit über den Bodensee schauen konnte. Hinter dem Bodensee stand eine schwarze Rauchwolke, man hörte es brummen und grollen. Friedrichshafen, sagte der Vater. Die Flugzeuge drehten über dem Bodensee ab. Wenige Wochen später marschierten die Franzosen im Land ein. Im Haus wurden drei französische Soldaten untergebracht; es waren Marokkaner. Rosinas Großmutter ging immer in die Nähe des schmalen Küchenregals, wenn die Soldaten hereinkamen. Sie hatte sich dort eine Tüte mit schwarzem Pfeffer zurechtgelegt, den sie den »Halbnegern« in die Augen blasen wollte, wenn sie sich Unverschämtheiten herausnähmen. Aber die drei waren schüchtern und höflich, und weil sie nicht deutsch sprechen konnten, sprachen sie in Anwesenheit der Familie auch nicht französisch, sondern verständigten sich mit Lauten und Gesten. Es gibt ein Foto, auf dem ein Marokkaner zu sehen ist, der Rosina auf einer Schulter trägt; ein großer Mann mit schmalem Kopf und krausem Bart. Die Soldaten lehnten es ab, mit dem Großvater zu trinken, und als sie merkten, daß ihn das kränkte und ärgerte, brachten sie ihm öfter eine Flasche Wein.

Rosina im Bungalow kauft sich in der Gemischtwarenhandlung einen Pack Ölkreiden. Zuhause im Flur bemalt sie die Rauhfasertapete.

Die Erinnerung sagt: Die Lehrerin ist eine Klosterschwester. Vor Weihnachten liest sie den Mädchen das Märchen von den Sterntalern vor. Rosina darf die Geschichte mit bunten Kreiden an die Tafel malen. Ihre Arme und Beine sind nicht nur Striche, sondern haben Muskeln, und in ihren Gesichtern sind nicht halbrunde Bögen, sondern Münder mit Lippen. Das arme Mädchen auf der Tafel hat die Arme erhoben; in ihrem Gesicht könne man Trauer, Freude und Dankbarkeit sehen, sagt die Klosterschwester. In der Pause versammeln sich alle Lehrer in der Klasse und schauen das Bild auf der Tafel an. Einer beugt sich zu Rosina hinunter und spricht mit ihr; er hat in der Backe goldene Zähne und riecht aus dem Mund. Das Bild bleibt über die Weihnachtsferien und dann noch so lange, bis die Tafel für Rechenübungen gebraucht wird. Rosina liebt das Lesebuch und das Rechenbuch. Den Buchstaben »D« zu lernen ist leicht. Da ist ein Bild von einer gemütlichen Stube, draußen regnet es, die Wassertropfen vom Schirm machen »d-d-d-d-d«. Der Sechser ist eine traurige Ziffer, aber auch ein wenig lustig. Kinder spielen, einer steht daneben und schaut zu, der hat Zahnweh. Über Backen und Kopf ist ein Tuch gebunden. Ein Zipfel des

Knotens steht schräg vom Kopf ab. Darum sieht das Tuch wie ein Sechser aus.

Der Vater weiß nicht mehr, wann Rosina komisch geworden ist. Es kommt ihm vor, als sei sie früher nie komisch gewesen, aber auch nie anders als jetzt; irgendwann war sie komisch geworden. Die Nachbarn in Lustenau sprachen davon. Sie wußten alles und zeigten Mitleid. Fast täglich kam einer auf Besuch. Das mit dem Schwiegersohn interessierte sie am meisten. Der Vater versuchte, die Sache herunterzuspielen, behauptete, ihn habe sein Schwiegersohn eingeweiht, es handle sich um eine vorübergehende Krise, man müsse das respektieren, und das habe er getan, auch seine Tochter wisse davon, die Ehe sei in Ordnung, heutzutage löse man eben Probleme anders als früher. Die Nachbarn wußten, was davon zu halten war.

Bald waren die Rudigehrs in derselben Rolle wie Jahre zuvor die Familie Scheffknecht, deren Haus am anderen Ende der Straße stand. Die Scheffknechts hatten ihrer Tochter einen Mann besorgen wollen und den ersten Freund, einen jungen Burgenländer, der in Vorarlberg seinen Militärdienst ableistete, schon am ersten Abend, als er kam und sie zum Tanzen abholen wollte, wie einen Schwiegersohn behandelt. Als er sie nachts nach Hause brachte, war für ihn im Wohnzimmer ein Bett gerichtet; er habe ja sein freies Wochenende, sagte die Mutter, und es müsse furchtbar traurig sein, in der Kaserne zu bleiben. Obwohl der junge Mann eigentlich gar nichts von dem Mädchen wollte und wohl auch merkte, welches Spiel getrieben wurde, fuhr er auch am nächsten freien Wochenende von Bregenz nach Lustenau, weil er es allein in der Kaserne nicht ausgehalten hatte. Wenn er bei Scheffknechts zuhause neben der Tochter auf der Bank saß, zwinkerten ihre Eltern mit den Augen und ließen bald die beiden allein. Das Mädchen wurde schwanger und sie heirateten, noch ehe der junge Mann den Barras abgedient hatte. Sein Schwiegervater besorgte ihm eine Arbeit in der Rudigehrschen Stickerei, nahm Kredite auf seinen Namen auf und half an den Wochenenden auf dem Stück Acker, das die Tochter als Mitgift bekommen hatte, ein Haus zu bauen. Als das Haus im Rohbau stand, fand man den jungen Mann davor tot in seinem Auto, von dem er erst wenige Raten bezahlt hatte. Ein Schlauch war vom Auspuff in das Innere des Wagens gelegt. Er hatte ein anderes Mädchen kennengelernt, verheimlicht, daß er verheiratet war, und ihr, weil ein Wort das andere gab, die Ehe versprochen. Der Knabe, den die junge Witwe wenige Wochen danach gebar, war schwachsinnig, und obwohl kein Nachbar darüber sprach, war es außer Zweifel, daß sich in Ursache und Folge die Ordnung der Dinge wieder einmal bestätigt hatte.

Herr Rudigehr war damals einer von denen gewesen, die so glaubten. Als er nun in den Gesprächen der Nachbarn denselben Unterton bemerkte, mit dem er selbst vor Jahren über die Scheffknechts gesprochen hatte, geriet er in Unruhe und fürchtete, daß die Ordnung der Dinge über ihn und die ganze Familie hereinbrechen könnte.

Er hatte mittags mit Rosina telephoniert und gesagt, er werde sie holen, sie solle nichts anderes tun als auf ihn warten. Als er kam, war die Tür zum Bungalow unverschlossen, er rief ihren Namen, und als er keine Antwort bekam, ging er in die Küche. Der Schrank nahm fast den ganzen Platz ein, ein dreitüriges, hellgrünes Möbel aus massivem Holz. Der Mann mußte sich an ihm vorbeizwängen. Er setzte sich auf den Hocker vor der Frühstücksanrichte und betrachtete den Schrank. Er war offensichtlich neu.

Herr Rudigehr hatte schon von Leuten gehört, die in Zuständen geistiger Verwirrung wahllos große Einkäufe tätigen, ohne daß sie die Gegenstände brauchen. Von einem Stuttgarter Geschäftskollegen hatte er erzählt bekommen, daß ein angesehener Mann, Mitglied der CDU und als solcher im Stadtrat vertreten, aktiv im Kirchenrat und seit dreißig Jahren zwischenfallos verheiratet, in einem solchen Zustand innerhalb dreier Tage aus der CDU, dem Stadtrat und der Kirche ausgetreten sei, die Scheidung eingereicht und einen Mercedes 600 bestellt habe.

Er prüfte den Kleiderschrank, öffnete die Türen und begutachtete, wie er gebaut war. Es war unmöglich, das Möbel in die Küche zu bringen, ohne daß es auseinandergenommen wurde. Dieser Schrank war nicht zerlegbar, dennoch stand er in der Küche. Er versuchte ihn, von der Stelle zu bewegen, an einer

Seite hochzuheben; es gelang nicht. Der Schrank stand fest, als sei er im Boden verwurzelt. Der Vater zwängte sich am Schrank vorbei aus der Küche, ging in alle Zimmer des Bungalows, rief im Keller Rosinas Namen. Der Wagen, mit dem sie nie fuhr, stand in der Garage. Weit kann sie nicht sein, dachte er. Als er über eine Stunde gewartet hatte, rief er bei seiner zweiten Tochter Roswitha und bei seinen Söhnen an und bat sie zu kommen.

Am Morgen desselben Tages war der Heilige Gebhard als Kassier des Vorarlberger Kirchenblattes vor dem Bungalow gestanden und hatte geläutet. Rosina öffnete, ließ ihn an der Tür stehen und holte ihre Geldbörse, um die verlangten hundertzweiundfünfzig Schilling zu bezahlen. Es kam ihr nicht in den Sinn, daß sie das Kirchenblatt gar nicht abonniert hatte.

Währenddessen schlich der Heilige ins Haus, setzte sich im Wohnzimmer auf das lindgrüne Sofa und wartete, bis Rosina bemerkte, daß er nicht mehr an der Tür war und auch ins Wohnzimmer kam. Sie wunderte sich nicht, als sie den Mann sah, und setzte sich ihm gegenüber. Es kam kein Gespräch auf. Der Kassier machte Bemerkungen über das Wetter und die politische Lage, fragte, ob Rosina gestern abend Fernsehen geschaut habe, und erzählte den Inhalt eines Spielfilms, der im Zweiten Deutschen Fernsehen gesendet worden war.

Rosina schaute ihm gerade ins Gesicht, und die

Erinnerung sagte: Es war das Gesicht des Kathecheten, der erlaubt hatte, daß sie beim Ausflug mitgehen durfte, obwohl sie nicht in der katholischen Jungschar war. Er hatte nicht gefragt, ob sie Mitglied werden wolle. Als sie auf der Fluhrereck Alpe im Gras saßen, kam er zu ihr und fragte, ob es sie nicht wunder nehme, daß die Sonne so heiß auf ihr Gesicht brenne, obwohl sie doch hundertfünfzig Millionen Kilometer von ihrem Gesicht entfernt sei.

Der Kassier sagte: »Es wird Zeit, daß Sie sich anstrengen. Ich komme am Nachmittag wieder.«

Rosina brachte ihn zur Tür, die Geldbörse noch in der Hand. Da klingelte das Telephon; es war ihr Vater. Er hielt ihr eine Predigt, daß sie sich von ihrem Mann alles gefallenlasse, daß sie sich nicht gemeldet habe, daß es peinlich sei, von anderen Leuten zu erfahren, was inzwischen geschehen sei, daß sie ihre Sachen zusammenpacken solle, weil er sie nach dem Mittagessen abholen werde, daß sie sich ja nicht von der Stelle rühren solle, bis er komme.

Rosina sagte in Abständen »Ja«, auch noch, als er schon aufgelegt hatte; erst nach einer Weile merkte sie, daß die Leitung tot war.

Sie ging in die Küche und dort blieb sie vier Stunden lang am selben Fleck stehen, bis sie sich schließlich in einen Kleiderschrank verwandelte.

Kurz bevor ihr Vater kam, hatte der Heilige Gebhard das Haus noch einmal betreten und gesehen, was geschehen war. Er versuchte, den Schrank von der

Stelle zu rücken, aber es gelang ihm nicht. So war es recht.

Roswitha kam als erste. Ihr Vater sah durch das Küchenfenster des Bungalows den Peugeot auf den Parkplatz fahren, den sein Schwiegersohn für Gäste hatte anlegen lassen. Der Vater öffnete ihr und fragte, wie es ihr gehe. Sie machte eine Geste, die er nicht zu deuten wußte.

Ihm lag viel an der Gunst dieser Tochter, vor allem, weil sie sich der seinen immer wieder entzog. Sie war vorlaut, bisweilen sogar frech, aber wenn sie jemanden verletzte, dann ohne Absicht. Davon war er überzeugt. Ihre Heirat mit dem Sohn seines Cousins war ihm unbegreiflich; nicht daß er sie mißbilligt hätte, aber sie paßte eher zu einem seiner Ratschläge als zu Roswithas freiem Willen.

Er erklärte ihr die Situation und zeigte ihr in der Küche den Kleiderschrank. Nichts schien sie zu wundern, sie wirkte geistesabwesend.

Am vorangegangenen Tag war Roswitha Rudigehr in Bludenz bei Hartwin Fischer gewesen, um mit ihm, der ihr empfohlen worden war, über eine Abtreibung zu sprechen. Sie schämte sich, als ihr in dem alten geziegelten Haus Hartwin Fischers Mutter die Wohnungstür öffnete und nach ihrem Begehr fragte. Sie komme in einer bestimmten Angelegenheit, sagte Roswitha. Etwas Gescheiteres fiel ihr nicht ein. Das breite Gesicht Hedda Fischers blieb ohne Regung, aber sie hatte verstanden. Ihre Haut war durchscheinend und altersweich und ihr Haar fahlblond gefärbt. Sie wirkte ungesund. Roswitha wäre am liebsten gleich wieder gegangen.

Die Abtreibung war für sie keine Kostenfrage. Sie hatte ihr eigenes Konto, von dem ihr Mann wußte, daß es existierte, aber nicht, wieviel Geld darauf war. Das Konto war seine Idee gewesen, er gab ihr auch genügend Geld, so daß sie über die Führung des Haushalts hinaus monatlich etwas sparen konnte. Er wollte vermeiden, daß seine Frau, käme sie einmal in Schwierigkeiten, ihn um Geld bitten und zur Begründung Dinge sagen müßte, die er nicht wissen wollte. Auch an den Fall, daß sie schwanger werden könnte von einem anderen, hatte er gedacht. Sie hatte ihn ja nicht im Irrtum gelassen, was sie unter ihrer Freiheit verstand, und er hatte akzeptiert; nicht nur ihr gegenüber, sondern auch vor sich selbst, vor sich selbst allerdings unter einer Bedingung: daß er nie davon erfahre. Es wäre ihm demütigend erschienen, ihr diese Bedingung vorzuschlagen, darum sorgte er selbst für die Voraussetzungen, die ihr das Lügen, träte der Fall ein, erleichtern sollten. Daß sie bei einer Schwangerschaft die richtigen Konsequenzen ziehen würde, daran zweifelte er keinen Augenblick lang. Dazu würde sie aber Geld brauchen, und das mußte er ihr im Vorhinein geben, damit die Sache erledigt werden könnte, ohne daß er davon erführe.

Also war sie , nicht weil sie über weniger Geld verfügte, als ein Zweitageaufenthalt in der Innsbrukker oder einer Wiener Klinik gekostet hätte, zu diesem zwielichtigen Abtreiber gegangen, der überdies nicht billiger war, sondern weil ihr eine Bekannte erzählt hatte, Hartwin Fischer mache die Schwangerschaft weg ohne Eingriff, er sei eine Art Geisterheiler, nur im umgekehrten Sinn, er berühre einen nicht einmal; wenn er sage, es sei weg, dann sei es weg; wenn man früh genug zu ihm gehe, würde man außer einer heftigen Monatsblutung nichts davon merken. Sie wollte es einfach probieren, für eine Abtreibung in der Klinik war es ohnehin zu früh.

Hedda Fischer bat Roswitha in die Küche. Am Tisch saß Hartwin Fischers Zwillingsschwester, und wäre nicht die augenfällige Ähnlichkeit mit deren Mutter gewesen, Roswitha hätte sie für eine Kundin gehalten, die dasselbe wollte wie sie selbst. Die Küche mit den weißen Möbeln erschien ihr wie das Wartezimmer in einer Arztpraxis. Die Frau saß am Tisch, als warte sie und gehöre eigentlich nicht hierher. Sie registrierte Roswitha nur mit einem Seitenblick.

Ihr Sohn sei krank, sagte die Mutter, er könne sie nicht empfangen; aber das sei auch gar nicht notwendig, Roswitha solle ihr sagen, was sie wolle, sie werde es ihrem Sohn übermitteln. Sie sei schwanger, sagte Roswitha. Sie überlege sich, ob sie das Kind abtreiben solle oder nicht. Der Mutter schien das nicht ungewöhnlich. Sie stand von ihrem Stuhl auf und wiederholte, die Hände auf die Tischplatte gestützt, was Roswitha gesagt hatte, so als lese sie ihr ein Protokoll vor. Dann verließ sie die Küche.

Roswitha merkte, wie verkrampft sie auf dem Stuhl saß. Die andere Frau wich ihrem Blick nicht aus. Solche wie ich, dachte Roswitha, sitzen hier vielleicht jeden Tag. Sie sagte ein Wort zu der anderen hinüber. Die nickte, obwohl es nicht paßte. Mit dem Zeigefinger strich sie ihre Haare hinter die Ohren, manchmal sah sie zum Fenster hinaus, manchmal auf die Möbel, manchmal in Roswithas Gesicht.

Es dauerte eine Weile, bis die Mutter wiederkam und mitteilte, ihr Sohn sei bereit, das Kind wegzumachen, wenn Roswitha es wolle. Er müsse aber wissen, wer der Vater sei. Roswitha beschrieb den Vertreter für Lustenauer Spitzen, wie er aussah, wie sie zu ihm stand. Die Mutter wiederholte das Gesagte und ging.

Roswitha machte wieder eine Bemerkung zu der anderen hin, und als diese wieder nickte, redete sie drauflos, daß dies bei ihr das erste Mal sei, daß sie zuerst gar keine Zweifel gehabt habe, daß sie sich im Augenblick gar nicht mehr auskenne. Die andere nickte, reckte ihre Beine, knackte mit den Fingern und schaute aus dem Fenster.

Die Mutter kam zum zweiten Mal. Diesmal blieb sie, die Klinke in der Hand, an der Tür stehen. Ihr Sohn sage, der Fötus sei männlich, und ob sie einen anderen Mann liebe. Ohne Roswithas Antwort abzuwarten, ging sie.

Als sie zum dritten Mal kam, hatte sie eine Geldbörse in der Hand. Sie sprach, als fasse sie zusammen. Ob Roswitha einen Mann namens Oswald Oswald kenne. Nein. Das Kind werde nämlich jenem ähnlich sehen. Dann wolle sie das Kind behalten, sagte Roswitha. Das war gesagt und aufgestanden in einem.

Als sie draußen im Peugeot ihres Mannes saß, wollte sie sich eine Zigarette anzünden. Aber dann ließ sie es. Sie fühlte sich leicht und gewiß. Am nächsten Tag hatte sie sich bereits mit ihrem Leib vertraut gemacht.

Inzwischen waren auch Roswithas Brüder angekommen. Nun standen sie gemeinsam vor der Küche. Der Vater gab seinen Söhnen Handzeichen, sie sollten den Schrank heben. Die Brüder zogen ihre feinen Saccos aus, schoben die Hosenbeine ein Stück über die Knie und griffen jeder an eine Seite des Schranks. Sie bekamen rote Köpfe, aber das war auch alles. Dann stemmten sie sich mit ihren Schultern gegen die Breitseite, der Vater half mit; der Schrank blieb, wo er war. Einer meinte, der Schrank sei vielleicht an den Boden geleimt; dabei sah er die anderen an, und in aller Gesichter stand Sorge um den Geisteszustand von Rosina. Sie versuchten Messerklingen zwischen Schrankbeine und Boden zu schieben, aber es war, als ob Boden und Schrank aus einem Stück wären.

Roswitha sagte, sie sollten doch den blöden Schrank in Ruhe lassen und lieber nach Rosina suchen. Sie nahmen sich einzeln und gemeinsam jedes Zimmer vor, obwohl das sinnlos war, durchsuchten im Garten das Zierwäldchen, obwohl auch das sinnlos war, klingelten bei Nachbarn und gingen alle

Wege im Dornbirner Oberdorf ab. Als keine Spur von Rosina entdeckt worden war, standen sie wieder vor der Küche.

»Er ist gekommen und hat sie geholt«, sagte der Vater. Er meinte seinen Schwiegersohn.

»Ganz bestimmt nicht«, sagte Roswitha.

Die Söhne rieten dazu, bei der Polizei eine Vermißtenanzeige aufzugeben. Mit so etwas solle man bis zum nächsten Tag warten, sagte der Vater. Man kam überein, sich zum Frühstück in Lustenau im Elternhaus zu treffen und weiter zu beraten.

Der Vater verabschiedete sich; er habe eine wichtige Besprechung, es gehe um die Nigeriageschichte und, zu Roswitha gewandt, der neue Mann sei bereits wieder ausgeschieden, angeblich wegen Krankheit, außerdem habe es zusätzliche Schwierigkeiten gegeben, die Sache laufe nicht mehr so glatt wie in wirtschaftlich besseren Zeiten, und der Neue, gegen den ja im Vorstand Stellung bezogen worden sei – vor allem, das sei bekannt, von seiten seiner Person – habe offensichtlich bei den Kunden unten einen Zirkus aufgeführt, der auf keine Kuhhaut gehe; das müsse ausgewetzt werden, auch wenn die Fetzen fliegen; man habe inzwischen auch schon einen Mann, der in dieser Richtung geeignet erscheine; an Schlauheit übertreffe der beinahe den Schwiegersohn, jedenfalls habe der ganz neue Methoden vorgeschlagen; und deshalb müsse er jetzt gehen, um im Vorstand gründlich Stimmung zu machen.

Die Brüder schlossen sich ihrem Vater an. Sie

waren zu den Vorstandsgesprächen zwar nicht zugelassen, wußten aber über alles Bescheid und betonten bei jeder Gelegenheit, der Stickereiverband sei für sie eine zweite Heimat.

Sie wohnten im Elternhaus, wo sie das Obergeschoß und den Dachboden ausgebaut hatten. Nach außen trugen sie eine Gemeinsamkeit und in dieser Gemeinsamkeit eine Abgeschlossenheit zur Schau, wie man es nur bei Ehepaaren kennt. Der jüngere folgte in hündischer Ergebenheit dem älteren, nahm ihm ab, was er sich selbst nur aufbürden konnte, manchmal auch mehr, so daß er die Arbeiten und Erledigungen nicht mehr schaffte und alles durcheinander geriet. Dann empfing er mit Zerknirschung die Schelte seines älteren Bruders.

Oskar und Hubert hießen sie; und wenn Hubert kritisiert wurde, weil er sich Oskar wie eine Putzfrau halte, dann war es Oskar, der seinen Bruder verteidigte und sagte, er tue das gern, der Hubert habe sowieso den Hintern voll Kopfarbeit und müsse alles mit den Händen machen – ein Spruch, den Hubert früher oft verwendet hatte, und zwar so lange, bis ihn Oskar übernahm.

Als ihr Schwager verschwunden war, hatte sich Hubert geärgert, daß er als dessen Nachfolger nicht in Frage gekommen war. Oskar gegenüber hatte er alle zusammen als Arschlöcher bezeichnet. Als heraus war, daß der andere, der auf so obskure Art zum Nachfolger bestimmt worden war, versagt hatte, verkündete Oskar im Verband, Hubert habe von Anfang an vor diesem Hartwin Fischer gewarnt. Aber es nützte nichts; auch diesmal kam keiner auf den Gedanken, Hubert in die Diskussion um den Nachfolger miteinzubeziehen. Hubert rebellierte wieder nicht; aber Oskar und er waren sich einig, daß solchen Arschlöchern eben nicht zu helfen sei. An ihrer Loyalität dem Stickereiverband gegenüber änderte das jedoch nichts.

Roswitha blieb noch eine Weile allein im Bungalow ihrer Schwester. Als ihre Brüder und ihr Vater weggefahren waren, probierte sie, den Schrank in der Küche zu rücken. Er ließ sich ohne Schwierigkeiten bewegen; ein ganz normales Möbel.

Am Morgen des Tages, als das Unglück am Güterbahnhof geschah, sah Roswitha Rudigehr zum ersten Mal den Mann, der in Zukunft den Nigeriahandel für den Stickereiverband organisieren sollte. Es war Kaspar Bierbommer, der zu diesem Zweck nach Vorarlberg gekommen war und sich für diesen Morgen von Herrn Rudigehr – seit gestern neuer Präsident des Verbandes – zum Frühstück hatte einladen lassen.

Bierbommer war gerade im Begriff aufzubrechen, als Roswitha kam. Sie erkannte in seinem Gesicht den Mann, den sie vor zwei Wochen mit einem Paket unter dem Arm im Lauteracher Ried und davor im Dornbirner »Interspar« beobachtet hatte, wie er Waren aus dem Regal nahm. Aber es war nur die Ähnlichkeit von Mund, Augen und Stirn; Roswitha

Rudigehr konnte bei diesem Mann tiefer sehen, bis zu der Ähnlichkeit, die er mit ihr selbst hatte.

Sie war nach Lustenau gefahren, um ihre Eltern zu trösten und um zu beraten, was man unternehmen könne. Sie hatte erfahren, daß der Nigeriahandel von nun an über Paris abgewickelt werde, und daß Bierbommer noch heute dorthin zurückkehre, um seine Arbeit zu beginnen. Am Abend wartete sie im Bregenzer Bahnhof, und noch am Bahnsteig sprach sie ihn an. Sie gefielen sich. Als sie beim Güterbahnhof aus dem Zug stiegen, um sich beim Fahrdienstleiter zu erkundigen, wann der Zug weiterfahre, wurden sie für Mann und Frau gehalten.

Der Lastwagen, der sie mitnimmt, bringt sie rechtzeitig zum Bahnhof in Feldkirch. Sie erreichen den Transalpin nach Paris. Sie nehmen einen Liegewagen, und der Schaffner sagt, wenn sie wollen, sorge er dafür, daß sie allein sind. Sie werden die ganze Nacht beieinanderliegen und sich lieben und nicht einschlafen können. Kaspar Bierbommer wird denken, es kann ein vielfaches Leben daraus werden. Bierbommer erzählt Geschichten aus seinem Leben. Er sagt nicht, daß es seine Geschichten sind; er erzählt, als habe ein anderer sie erlebt. Er fürchtet sich auch nicht, von den Attentaten zu sprechen. Irgendein Mann habe auf dem Schiff von New York nach Genua mit dem Attentäter Bresci gesprochen. Ein anderer Mann habe zu dem Kreis um den Schwedenkönig Gustavs III. gehört und sei bei dem Maskenball dabeigewesen, als Ankarström den König ermordet habe. Die Geschichten aus seiner schwedischen Zeit erzählt er ausführlich. Sie tauchen aus seiner Erinnerung auf wie Wahrheiten. Eine Anekdote gibt die nächste. Da ist der Dichter Carl Michael Bellmann, den er in Norwegen kennengelernt hat, als dieser dort im Schuldexil war.

Es macht ihm Freude, sich zu erinnern: Bellmann und Bierbommer hatten gemeinsam die Spieltische von Oslo unsicher gemacht. Sie hatten Tricks und Betrügereien ersonnen. Später, als Bellmann wieder in Stockholm lebte und die Gunst des musenfreundlichen Königs Gustav III. genoß, der ihm die Leitung der staatlichen Lotteriestelle anvertraute, rief er seinen Freund Bierbommer zu sich nach Schweden. Sie teilten sich die Stelle, verdienten nebenher einen schönen Batzen mit Wetten, die sie auf eigene Rechnung abschlossen. Jede Woche waren sie im auserlesenen Kreis beim König zu Gast. Bierbommer bot dem Monarchen in der Diskussion Paroli, so daß manche meinten, der König werde ihn verstoßen. Aber Gustav III. hatte Gefallen an der Intelligenz dieses Mannes. Zudem interessierte er sich für die Studien, die Bierbommer zu dieser Zeit trieb. Der beschäftigte sich nämlich mit der Auffindung apokrypher Schriften zur Ilias und Odyssee und hatte Erstaunliches entdeckt.

In späteren Jahren interessierten Bierbommer seine Studien auf diesem Gebiet nicht mehr. Nur eine apokryphe Geschichte aus der Odyssee erzählt er

Roswitha im Transalpin nach Paris. Und dieselbe Geschichte wird er auch seinem Sohn immer wieder erzählen, wenn sie an Sonntagabenden in ihrer Pariser Wohnung beieinandersitzen und eine Familie sind. Kaspar Bierbommer wird sie immer gleich erzählen, und wenn er sich einmal irrt, wird ihn sein Sohn korrigieren, und dies ist die Geschichte: Odysseus und seine Gefährten waren, nachdem sie das zerstörte Troja verlassen hatten, vom Sturm an die Inselstadt Ismaros getragen worden, die von den Kikonen bewohnt war. In ihrer Willkür verwüsteten sie die Stadt, töteten die Männer, versklavten die Frauen, mußten aber fliehen, als die Stadtbewohner von anderen, auf der Insel lebenden Kriegern Unterstützung erhielten. Ein Priester des Gottes Apoll, der als einziger Kikone das Massaker in der Stadt Ismaros überlebt hatte, betete nach der Flucht der Griechen zu seinem Gott um Rache, und als dieser nicht hörte, wandte er sich an Poseidon, den Gott der Meere und Feind der Griechen, und Poseidon versprach, an den Griechen Rache zu nehmen; er, der über alle Wasser der Welt gebiete, werde die Wasser in ihren Leibern in Aufruhr versetzen. Odysseus und seine Gefährten waren mit ihren Schiffen weitergesegelt und vom Wind an die Insel der Lotophagen getragen worden. Die Bewohner nahmen sie freundlich auf, gaben ihnen vom berauschenden Lotos zu essen, und Odysseus mußte schließlich Gewalt anwenden, um seine Gefährten aus ihren Träumen zu reißen und sie zurück auf die Schiffe zu holen. Auf den Schiffen zeigte der Fluch des Poseidon seine erste Wirkung. Der Genuß des Lotos hatte die Verdauung der Griechen durcheinandergebracht, was sie zu sich nahmen, gaben sie bald verflüssigt wieder ab. Das Leiden wurde schlimmer und nahm kein Ende. Auf den Schiffen breitete sich ein Gestank aus, denn durch die Krankheit geschwächt, konnte die Mannschaft sich bald nicht mehr aufraffen, die Planken zu reinigen. Wer nicht gerade schiß, der übergab sich. Knöcheltief wateten sie im Kot, und Odysseus flehte zu Athene, seiner Schutzgöttin, sie möge diese demütigende Krankheit von ihm und seinen Gefährten nehmen. Athene erbarmte sich, verwandelte sich in eine Möwe und gab ihm den Rat, nach Norden zu segeln, so weit, bis in den Nächten der Kot an Deck gefriere. Wenn er dann die Mündung eines breiten Stroms erreicht habe, solle er seine Männer heißen, stromaufwärts zu rudern, dreißig Tage und dreißig Nächte lang. Dort solle er Anker werfen und an Land gehen und den Einsiedler Merdog suchen, der ein Mittel gegen ihre Krankheit wisse. Odysseus tat, wie ihm Athene aufgetragen, und nach einer langen, entbehrungsreichen Fahrt, während der sich der Kot auf dem Schiff zu Bergen häufte, erreichten sie die Mündung des Stroms, von dem die Göttin gesprochen hatte. Aber die Männer waren zu schwach, um zu rudern, und sie wollten sich niederlegen, um zu sterben, als zwei Einhorne, an jedem Ufer des Flusses eines, auftauchten und sich anboten, das Schiff zu ziehen. Nach dreißig Tagen langten sie an. Der Einsiedler Merdog mußte sich beim Anblick des Odysseus übergeben, bat den Helden aber um Verzeihung und bereitete in einem großen Topf einen Trank zu, der die Griechen von dem Leiden erlöste. Einige blieben an Land zurück, weil sie die Rückreise nicht mehr auf sich nehmen wollten. Odysseus ließ ein Denkmal zu Ehren seines Vaters Laertes errichten und gab den Zurückgebliebenen Anweisung, eine Stadt zu gründen. An Ort und Stelle schaufelten sie den Kot von den Schiffen, und das war ein kleiner Berg, den die Zurückgebliebenen zur Düngung ihrer Felder wieder abtrugen. Zur Zeit der Römer wurde die Stadt Asciburgium genannt, heute heißt sie Asberg. Das Wort »as« bedeutet im Englischen so viel wie Arsch. Der Ort liegt in der Nähe von Moers auf der linken Seite des Rheins.

Roswithas Sohn, der diese Geschichte später immer wieder hören will, wird von Kaspar Bierbommer mit Sehnsucht erwartet – wie keines seiner Kinder zuvor. Und wenige Wochen nach dessen Geburt wird man sehen, daß sich Vater und Sohn ähnlich sind.

Kaspar Bierbommer trägt das Kind auf dem Arm, es ist wenige Wochen alt und leidet an einer Darminfektion. Es weint und beruhigt sich erst, wenn es sein Vater im Arm hält und im Zimmer auf- und abgeht. Die Eltern wechseln sich ab. Als das Kind wieder gesund ist, schläft es in der Nacht schlecht ein. Sein Vater ist erfinderisch und listenreich: Er legt sich das Kind auf den Bauch und brummt. Er klopft einen

Rhythmus auf die Matratze. Er singt. Er weiß Rat. Die Erfahrungen seines langen Lebens sind ihm zu Hilfe.

Roswitha schreibt ihrer Schwester einen Brief aus Paris. Sie weiß nicht, ob Rosina den Brief bekommen wird. Sie hat nichts mehr von zu Hause gehört. Sie möchte jemandem von ihrem Glück erzählen. Sie schreibt, daß der Bub schon sitzen kann, daß er versteht, was man sagt. »Wenn ich bums sage, läßt er sich ins Kissen fallen.«
Der Heilige Gebhard, der manchmal im Bischofsgewand mit Mitra und Stab aus dem Erdboden im Haus der Rosina erscheint, um nachzusehen, ob schon andere Menschen dort wohnen, nimmt den Brief, liest ihn und legt ihn in den Schrank in der Küche. Der letzte Satz des Briefes ist: »Wir haben unseren Buben so lieb.«

Die Brüder

Zum dritten Mal erscheint der Heilige Fidelis dem Kapuzinerbruder Benedikt Oswald, als dieser sich anschickt, die Bühne im oberen Studiersaal des Internats zu putzen, auf der am Abend die Proben für die Adventsspiele beginnen sollen.

Die Schüler, deren Noten und Betragen für sehr gut und gut befunden wurden, waren gestern nach der Schule nach Hause gefahren, um Allerheiligen und Allerseelen bei ihren Eltern zu verbringen. Die beim Laienspiel mitwirkten und jene, die nicht entsprochen hatten, mußten über die Feiertage im Internat bleiben. Der Rektor und die anderen Patres unternahmen mit ihnen einen Ausflug ins Große Walsertal. Nach dem Frühstück hatte sie ein Bus abgeholt. Das Küchenpersonal hatte am Vormittag Ausgang. Benedikt war allein. Die Bühne war seit der Schulschlußfeier im Sommer nicht mehr benützt worden, sie war verstaubt und voller Gerümpel, und der Herr Ruschig, der das Laienspiel betreute, verlor schnell die Geduld.

Benedikt zieht an den Seilen, der Vorhang öffnet sich, und dahinter auf der Bühne steht der Heilige Fidelis. Er wirkt magerer als bei den ersten beiden Erscheinungen, die Kopfwunde glänzt. Auf die Marterwerkzeuge, den Morgenstern und das Schwert, stützt er sich wie auf Krücken. Benedikt läßt das Seil los und geht auf die Knie.

Der Heilige spricht mit leiser Stimme und mit Pausen, als habe er Mühe und fühle sich nicht wohl. Benedikts Bruder sei auf dem Weg hierher, sagt er. Benedikt müsse mit allen Mitteln verhindern, daß der Bruder das Internat betrete. Dann verschwindet er wieder.

Benedikt, der den Kopf gesenkt hält, bemerkt es nicht. Er will fragen, welcher Bruder; dann aber denkt er, es könne sich nur um Oswald handeln. Er möchte die wertvolle Zeit nützen und mit dem Heiligen über ein Problem reden, das er allein nicht lösen kann. Er müsse beichten, sagt er; Zweifel quälten ihn, er wisse nicht mehr, ob er seinem Gewissen zum Gehorsam verpflichtet sei oder dem Pater Rektor. Dem Rat des Heiligen Fidelis werde er folgen. Den Kopf zu erheben wagt Benedikt nicht.

Benedikt erzählt der leeren Bühne, was er auf dem Herzen hat.

Er ist einer Sache auf die Spur gekommen, die seit zwei Wochen die Gemüter erhitzt. Damals hatte der Pater Rektor festgestellt, daß zwei Stangen Zigaretten aus seiner Klausur verschwunden waren. Es gab keinen Zweifel: Jemand hatte die Zigaretten gestohlen. Am selben Tag wurde aus der Küche gemeldet, es fehlten drei Kartons mit Eiern. Am Abend sprach der Rektor im Speisesaal zu den Schülern. Verbrecher seien unter ihnen, sagte er und zählte die Untaten auf.

Benedikt, der beim Küchenaufzug stand und wartete, bis der Rektor zuende gesprochen hatte, ehe er den Schülern der Fünften Zeichen gab, das Essen auszuteilen, hörte erstaunt, was der Rektor sagte. Die Zigaretten und die Eier erwähnte der Rektor nur am Rande. Die Briefmarkensammlung, die der Mission gehöre, sei geplündert worden, es fehlten unter vielen anderen zwei ungestempelte Dollfuß, ein kompletter ungestempelter Trachtensatz und vom gestempelten Trachtensatz die wertvolle Zweigroschenmarke. Der Verlust sei noch gar nicht abzuschätzen; jedenfalls habe das keinen internen Charakter mehr, sondern sei Sache der Polizei. Er gebe dem Dieb Gelegenheit, sich jetzt zu melden. Als nichts geschah, ließ der Rektor das Essen wieder in die Küche zurückschicken und ordnete an, die Schüler sollten im Sitzen, die Bestecke in der Hand, einen freudenreichen, einen glorreichen und einen schmerzensreichen Rosenkranz beten. Drei Schüler der Maturaklasse bestimmte er zur Aufsicht. Wer Blödsinn machte, mußte ein Gesetzchen lang auf zwei Messergriffen knien.

Als sie im Paterzimmer beim Essen saßen und durch die Tür den Chor der Betenden hörten, trank der Rektor noch schneller und noch mehr als sonst und kicherte. Er habe vorhin etwas übertrieben. Es sei nur eine Briefmarke gestohlen worden, nämlich die gestempelte Zweigroschen aus dem Trachtensatz. Er gebe zu, er sei vorhin nicht aufrichtig gewesen. Aber bei Detektivarbeiten müsse man schlau und taktisch vorgehen. Denn was geschehe jetzt – fragte er die anderen – , jetzt, da alle an einen Diebstahl dieses Ausmaßes glaubten? Vielleicht handle es sich gar nicht um einen einzelnen; vielleicht seien mehrere daran beteiligt, eine ganze Bande; womöglich seien Zigaretten, Eier und Zweigroschenmarke erst der Anfang; wer wisse, ob sich nicht ein kleines, böses Syndikat gebildet habe, das mit außen in Verbindung stehe! Dann habe seine Rede ordentlich Verwirrung gestiftet, Zwietracht gesät. Aber wenn es doch ein einzelner getan hätte, dann sei anzunehmen, daß andere davon wüßten; und wenn auch das nicht, so wüßten die Schüler untereinander doch, wer Briefmarken sammle. Jeder Briefmarkensammler würde bald feststellen, daß auch er verdächtig sei; die Unschuldigen würden sich anstrengen, den Verdacht von sich abzuwehren, und das könne letztendlich nur gelingen, indem sie den Dieb fänden. Wenn es aber welche gäbe, die von dem Diebstahl wüßten, würden sie sich, nachdem er vorhin die Sache größer gemacht hätte, als sie sei, in eine schlimme Sache verwickelt sehen und über kurz oder lang zu Verrätern werden, um von ihrer eigenen Haut so viel wie möglich zu retten.

Benedikt schoß das Blut in den Kopf; sein Gewissen rebellierte. Und er sagte etwas. Man müsse aber, wenn die Sache sich aufgeklärt habe, die Dinge wieder in die richtige Dimension rücken und darauf verzichten, die Polizei einzuschalten.

Der Rektor schaute ihn an, und Benedikt wußte

nicht, ob geistesabwesend oder durchdringend, und dann lachte der laut heraus. Er habe selbstverständlich nie daran gedacht, die Polizei ins Internat zu holen. Das Manöver habe ja neben der Entlarvung des Täters auch den Zweck, den Schülern seine detektivischen Fähigkeiten zu demonstrieren, damit sie in Zukunft vor ähnlichen Gaunereien zurückschreckten.

Nach dem Nachtgebet in der Kapelle, als das Silentium schon ausgegeben war, kam ein Schüler aus der Sechsten zu Benedikt, ein dünner, schlaksiger mit dunklem krausen Haar und auseinanderstehenden Zähnen und bedeutete ihm mit einer Geste, ob er das Silentium brechen dürfe. Benedikt flüsterte, er solle warten, bis die anderen in den Schlafsälen seien. Sie blieben bei den Toiletten stehen. Was er wolle, fragte Benedikt schließlich. Etwas zeigen, sagte der Schüler. Sie gingen in den oberen Studiersaal, der Schüler öffnete ein Pult, kramte darin herum und nahm einen Briefumschlag heraus. In dem Umschlag steckte ein Brief und in dem Brief die gestempelte Zweigroschenmarke.

Benedikt holte den Rektor, und der befahl, den Buben zu bringen, dem dieses Pult gehörte. Es war ein dicklicher, gelbhaariger Tiroler, der so sehr zitterte, daß Benedikt meinte, er habe Fieber. Der Rektor verhörte ihn, aber der Bub sagte kein Wort. Er stand da, barfuß, in einem roten Pyjama und schaute mit flehendem Blick von einem zum andern.

Der Bub wurde noch am selben Abend hinausgeworfen. Der Rektor erklärte vor allen Schülern, die in ihren Schlafanzügen im Stiegenhaus angetreten waren, der Dieb sei dank der detektivischen Fähigkeiten der Heimleitung gefaßt worden; die Sache sei allerdings nicht so schlimm wie vorerst angenommen, tatsächlich habe nur die gestempelte Zweigroschenmarke aus dem Trachtensatz gefehlt, deshalb wolle er davon absehen, die Polizei zu verständigen; er hoffe allerdings, es werde allen eine Lehre sein. Er telephonierte mit den Eltern in Landeck, und Benedikt brachte den Schüler zum Nachtzug an den Bahnhof. Während der Fahrt dorthin hatte der Schüler kein Wort gesprochen.

Am nächsten Tag vor der Frühmesse bemerkte Benedikt in der Sakristei, daß drei Flaschen mit Meßwein fehlten. Er wollte nichts sagen und in den Keller gehen und neuen Wein holen. Aber er hatte keine Gelegenheit dazu. Der Rektor, schon im Meßgewand, fragte, wo der Wein sei; er war gewohnt, die Gläser mit Wasser und Wein, die für die Messe gebraucht wurden, selbst zu füllen. Der Wein sei ausgegangen, stotterte Benedikt, er gehe in den Keller neuen holen. Er habe gestern abend selbst drei Flaschen in die Sakristei gebracht, sagte der Rektor, und er, Benedikt, habe ihm doch dabei geholfen. Benedikt bekam einen roten Kopf. Also noch ein Dieb, schrie der Rektor, laut genug, daß es die Schüler, die in der Kapelle in ihren Bänken knieten, hören konnten. Dieser Diebstahl sei schlimmer als der Diebstahl der Briefmarke und viel schlimmer als der

Diebstahl der Eier und gar nicht zu vergleichen mit dem Diebstahl der Zigaretten; Gott und seine Heiligen seien bestohlen worden.

Von da an wurden eine Woche lang täglich Diebstähle gemeldet. Es waren belanglose Dinge – Tischtennisschläger, die dem Internat gehörten und kaputt waren, Speckseiten und Sirupflaschen aus der Küche, Fischfutter vom Aquarium, Seifen und Klopapierrollen aus den Toiletten, Werkzeug aus dem Bastelraum. Der Rektor hörte sich die Meldungen an und sagte kein Wort dazu. Benedikt bangte vor dem, was im Rektor vorging. Nach einer Woche brach es aus ihm heraus. Er war schon am Nachmittag betrunken, schrie und tobte im Paterzimmer, jetzt werde er rücksichtslos durchgreifen; im Fall des Briefmarkendiebes sei er zu milde gewesen, weil er die Polizei aus dem Spiel gelassen habe, aber diesmal nicht, diesmal nicht.

Am Abend hielt er im Speisesaal erneut eine Rede. Er habe die Briefmarkensammlung noch einmal und diesmal gründlich kontrolliert. Es seien tatsächlich wertvolle Exemplare gestohlen worden, zwar kein Dollfuß und kein Trachtensatz, wie er zuerst geglaubt und dann, das müßten alle zugeben, in der Öffentlichkeit des Internats berichtigt habe – es sei weit schlimmer: man habe die Heilige Mission um ihre wertvollsten Briefmarken beraubt, nämlich um die Liechtensteiner, deren Wert weit in den Zehntausenden liege. Noch immer seien Diebe im Haus, bösere als der, bei dem man es bei einer einfachen

Relegierung habe bewenden lassen. Er werde die Polizei alarmieren und Anzeige erstatten, die Folgen könne sich jeder selbst ausmalen.

Die Schüler und auch Benedikt waren starr vor Entsetzen. Im Paterzimmer weigerte sich der Rektor, über die Sache zu diskutieren. Er schloß sich in seine Klausur ein und ließ sich den ganzen nächsten Tag lang nicht mehr sehen. Am Abend hielt er eine Heiliggeistmesse mit der Bitte, der Dieb möge entdeckt werden. Benedikt ministrierte. Der Rektor konnte sich am Altar kaum aufrechthalten.

Am darauffolgenden Samstag – am Tag, bevor der Heilige Fidelis auf der Bühne im oberen Studiersaal erschien – kamen zwei Buben aus der Fünften zum Bruder Benedikt, der gerade auf dem Fußballplatz die Aufsicht hatte. Sie wollten mit ihm sprechen. Sie hatten Ringe unter den Augen und trauten sich nicht, ihm ins Gesicht zu schauen. Benedikt ahnte, was sie sagen wollten, und versuchte ihnen auszuweichen; er habe keine Zeit, sie sollten später kommen. Sie müßten ein Geständnis ablegen, sie brauchten seine Hilfe, sagten sie. Er sei kein Priester, sagte Benedikt, bei ihm könnten sie sich nicht auf das Beichtgeheimnis berufen. Die Buben ließen nicht von ihm ab; er solle mit ihnen einen Spaziergang durch den Wald machen.

Sie hatten die Eier und die Zigaretten gestohlen; auch Lebkuchen, das sei gar nicht aufgefallen. Sie hatten gewußt, daß der Schüler aus der Sechsten die Zweigroschenmarke gestohlen hatte, und er hatte von ihren Diebstählen gewußt. Als er relegiert wurde, hatte er, weiß der Teufel warum, von ihnen verlangt, daß sie, nachdem er aus dem Internat war, eine Woche lang weitere Diebstähle begehen sollten. Falls sie sich weigerten, wollte er aus Landeck dem Rektor einen Brief schreiben; sie sollten sich nur nicht einbilden, er erfahre in Tirol nicht, was hier gespielt werde, er habe seine Informanten.

Die beiden Schüler führten Benedikt an eine Stelle im Wald, wo in einem leeren Ölfaß all die gestohlenen Dinge aufbewahrt waren. Sie wollten sie zurückgeben. Mit den liechtensteiner Briefmarken, das schworen sie, jeder beim Leben seiner Mutter und der eigenen Glückseligkeit, hätten sie nichts zu tun. Benedikt glaubte ihnen.

In der Nacht, als er darüber nachdachte, kam ihm ein furchtbarer Gedanke. Was, wenn der Rektor die liechtensteiner Marken selbst entfernt hätte, um vor der Polizei genügend Grund für ihr Einschreiten zu haben? Niemand würde den Buben glauben. Die Folgen könnten ihr Leben ruinieren. Andererseits verpflichtete ihn sein Gelübde, die zwei zu melden. Aber wenn sein Verdacht Wahrheit war, hatte es keinen Zweck, dem Rektor zu berichten, was ihm die beiden Schüler gesagt hatten.

Kniend, den Kopf gesenkt, erzählt Benedikt diese Geschichte. Als er geredet hat, wartet er auf Antwort des Heiligen Fidelis. Er wartet, bis er neben sich Schritte hört. Er schaut auf und sieht seinen Bruder

Oswald. Die Bühne ist leer; der Heilige hat ihn seines Ratschlags nicht für würdig gehalten.

Oswald hat einen Bart im Gesicht, sein Anzug ist zerdrückt und schmutzig, die Hose bis zu den Knien mit Dreck bespritzt, seine Augen glänzen fiebrig, seine Stimme ist heiser, er hustet, er setzt sich an ein Studierpult. Benedikt steht auf, streicht seine braune Kutte zurecht, zieht am Strick, daß sich der Vorhang ganz öffnet, aber er schaut nicht mehr zur Bühne. Er geht zu seinem Bruder und umarmt ihn. In dem Berliner Spital hat er ihn zum letzten Mal gesehen. Daran denkt er nicht. Er denkt an den Abend, als Oswald das Elternhaus in Götzis verlassen hat. Oswald hatte sich von ihm als einzigem verabschiedet. In den Jahren hatte sich in Benedikt die Vorstellung gebildet, Oswald habe ihn damals geküßt. Tatsächlich hatte er ihm nur die Hand gegeben.

Später sitzen sie in Benedikts Zimmer. Benedikt hat Tee gekocht. Der kalte Schweiß steht ihm auf der Stirn. Aber er sagt: »Ich lasse mir von niemandem befehlen, meinen Bruder in diesem Zustand vor die Tür zu weisen!«

Oswald hält mit beiden Händen die Tasse. Sein Freund Pius Bikila Bickel habe sich in ein Schwein verwandelt, nicht sprichwörtlich, sondern wirklich, sagt er. Benedikt nickt, er glaubt dem Bruder. Seither, sagt Oswald, habe er über dem Blumenladen im Dornbirner »Interspar« gelebt, am Tag geschlafen, in der Nacht gewacht, zwei Wochen lang. Er erzählt seinem Bruder, was geschehen ist.

Benedikt sagt: »Unsere Familie ist verflucht.« Er habe getan, was er nur tun konnte, um die Ordnung der Dinge herzustellen und aufrechtzuhalten. Es sei ihm nicht gelungen. Jetzt wisse er, daß es ihm nie hätte gelingen können.

Benedikt erzählt vom Leben und vom Tod ihres Vaters. Nicht lange, bevor er Oswald in Berlin besuchte, hatte der Vater Oswalds ehemaliges Zimmer ausgeräumt und an den Wänden links und rechts, an eine eine Messingstange, an die andere ein Regalbrett anbringen lassen. An die Messingstange hängte er Kleidungsstücke – eines davon sei der Pelzmantel gewesen, den er, Benedikt, Oswald geschickt habe. Niemand wußte, woher der Vater die Kleider hatte; wenn man ihn fragte, machte er ein bedeutungsvolles Gesicht, das ebenso ironisch wie ernst gemeint sein konnte. Von da an hielt er sich mehrere Stunden am Tag, am Ende sogar den ganzen Tag in diesem Zimmer auf. Er wurde bald unausstehlich, brüllte Befehle durch die geschlossene Tür. Sie versorgten ihn mit Kaffee, Essen, Schreibmaschinenpapier und Farbband, wobei der Überbringer die Sachen vor der Tür habe abstellen, dann klopfen und schleunigst wieder verschwinden müssen. Reihum wurde jeder der Familie zu diesen Botendiensten eingeteilt, auch Benedikt, wenn er in den Semesterferien zu Hause war. Der Vater sei immer merkwürdiger gewor-den, wenn dieses Wort seinen Zustand überhaupt beschreibe. Er klebte ein Schild an die Tür mit der Aufschrift:

Ahnensalon
bis zum Ableben des letzten Würdigen
ist das Betreten nur zum Zweck des Putzens erlaubt

Mit »dem letzten Würdigen«, das sei aus verschiedenen seiner Kundgebungen hervorgegangen, habe sich der Vater selbst gemeint; und wieder sei nicht klar gewesen, ob es Ironie war oder Ernst.

In der letzten Zeit hörte die Familie Tag und Nacht die Schreibmaschine. Der Vater gönnte sich wenig Schlaf. Woran er arbeitete, wußte niemand. Dann, eines Morgens beim Frühstück, teilte er mit, das Werk sei vollendet, es habe darin bestanden, die Lebensläufe der Vorfahren niederzuschreiben, jedem Kleidungsstück entspräche jetzt ein Manuskript. Der Vater machte einen ruhigen, zwar etwas erschöpften Eindruck, wirkte aber sonst normal.

Die Familie mußte ihm berichten, was inzwischen vorgefallen war, und er ließ über dieses und jenes seine bekannten Witze los. Wenn man ihm so gegenübergesessen sei, wäre man nicht auf die Idee gekommen, ihn für verrückt zu halten.

Nach Mitternacht desselben Tages sei er, Benedikt, aus dem Schlaf gerissen worden durch das wilde Schellen einer Handglocke, die er am Ton zu erkennen glaubte als jene Glocke, die er dem Vater vor Jahren aus Jugoslawien mitgebracht, zum Dank dafür, daß er ihm, dem damals Fünfzehnjährigen, wider Erwarten erlaubt hatte, allein in Urlaub zu fahren. Das Schellen sei aus dem Erdgeschoß des

Hauses gekommen, nämlich aus der Küche. Schnell habe er, Benedikt, sich den Morgenmantel übergeworfen, sei nach unten geeilt und unterwegs auf die Mitglieder der übrigen Familie getroffen, die, ebenfalls mit Morgenmänteln bekleidet, über die Stiege hinunterrannten, was zur Folge hatte, daß es am unteren Treppenabsatz zu einer Stauung kam. Die Gesichter der anderen seien weiß und vom Entsetzen gezeichnet gewesen, und er erinnere sich noch genau, daß er sich in diesem Augenblick gewünscht habe, krank zu sein, denn sein eigenes Gesicht sei ihm – soweit man das selbst beurteilen könne – gut durchblutet vorgekommen, und er habe Angst gehabt, die übrige Familie könne dies als ein Zeichen werten, zumal ja auch die Glocke, die den Alarm gegeben hatte, von ihm stammte.

In der Küche saß der Vater wie auf einem Thron; er hatte einen Stuhl auf den Tisch gestellt und blickte von oben auf Frau und Söhne herunter. Er wartete, bis sie vor ihm Aufstellung genommen hatten, dann zog er aus dem Ärmel seines Schlafanzugs ein gerolltes Papier, auf dessen Rückseite sie eine mit Buntstift gemalte Nachahmung eines Siegels sehen konnten. Dann erhob sich der Vater und hielt eine Rede, an deren Inhalt sich Benedikt nicht mehr zu erinnern vermochte, weil sie voll von Unsinnigkeiten war.

Benedikt hatte in dieser Nacht nicht mehr einschlafen können. Im Morgengrauen stand er auf, schrieb an die Familie eine Mitteilung und wanderte auf den Hohen Kapf. Das Rheintal lag im dicken Nebel, und erst als er auf der Höhe des Götzner Berges nach Meschach weiterging, wurde es um ihn herum blendend hell, ohne daß er hätte sagen können, wo genau die Sonne stand. Nach wenigen Schritten blickte er in den blauen wolkenfreien Himmel und nach unten auf das sanfte Nebelmeer, das wie Spinnwebfilz in den Fichten hing. Gegen Mittag kam er auf dem Hohen Kapf an, wo der Berg senkrecht abfällt. Der Nebel im Tal hatte sich aufgelöst, und Benedikt konnte das Rheintal überblicken bis weit in die Schweizer Berge hinein, gegen Norden über das Lustenauer Ried und Bregenz über den Bodensee, unter ihm der Kummerberg, der vor Urzeiten eine Insel gewesen war, und im Süden die schneegleißenden Berge des Räthikon.

In der Nähe der Felskante waren Leute damit beschäftigt, breite, in der Sonne leuchtende Drachen für einen bevorstehenden Flug bereitzumachen. Aus den Anzügen der Leute schloß Benedikt, daß sie alle demselben Verein angehörten. Einer kam auf ihn zu und begrüßte ihn, wohl in der Meinung, er, Benedikt, sei ein Zuschauer oder gar an einer Mitgliedschaft in ihrem Verein interessiert. Der Mann legte den Arm um seine Schulter, nahm seine Hand, ließ sie nicht mehr los und nötigte ihn in dieser freundschaftlichen Art, einen Blick über die Felskante zu werfen.

Vom Tal kam ein Funkspruch. Der ihn empfing, fragte Benedikt nach seinem Namen und sagte, unten bei den Kollegen stehe ein Mitglied seiner Familie und bitte ihn, schnell nach Hause zu kommen; der Vater liege im Sterben, es könne jede Minute so weit sein.

Da wurden die Drachenflieger still und schauten auf den Boden und redeten leise miteinander, und der, der Benedikt zu Anfang so freundlich begrüßt hatte, kam auf ihn zu und sagte, er könne mit ihm ins Tal fliegen, nein, er solle jetzt nichts sagen, es sei ganz einfach und nicht unbedingt gefährlich, man habe schon öfter ähnliche Manöver geprobt, und der Verein sei schließlich nicht nur ein sportlicher, sondern auch ein weltanschaulicher; er, Benedikt, müsse sich nur auf seinen Rücken binden und – wenn er noch einen Rat geben dürfe – die Augen irgendwie abdekken lassen, dann gehe alles wie im Schlaf.

Diese Menschen schienen Benedikt des größten Vertrauens würdig, so daß er keine Sekunde zögerte, ihren Vorschlag anzunehmen. Ohne Frage ließ er sich von den anderen an Armen und Beinen fesseln, eine Augenbinde anlegen und auf den Rücken des Drachenfliegers schnallen. Das Fesseln, so erklärte man ihm, sei notwendig, damit er nicht während des Fluges sich und den Mann durch unkontrollierte Bewegungen in tödliche Gefahr bringe.

Der Flug war wirklich wie ein Traum, und als sie unten landeten, hatte Benedikt das Gefühl, aus einer waagrechten Lage in den Stand zu kommen, ohne je den festen Boden unter sich verloren zu haben. Der Drachenflieger schnallte ihn von seinem Rücken und nahm ihm die Augenbinde ab.

Sie waren im Hof des Elternhauses vor dem Holzstadel gelandet. In der Küchentür stand die Mutter. Sie trug einen Männeranzug mit Bundhosen. Der

Stoff war im Gewebe verstaubt. Sie winkte Benedikt zu sich und schob ihn ins Haus. In der Küche saßen die Brüder, alle in derselben absurden Weise verkleidet wie die Mutter, und erst da wurde Benedikt klar, daß sie Kleider aus dem Ahnensalon des Vaters trugen.

Die Mutter legte ihm einen Pelzmantel in den Arm. Er, Benedikt, solle den Mantel anziehen, der Vater liege im Sterben und habe gewünscht, die Ahnen mögen an seinem Sterbebett Aufstellung nehmen, und sie seien übereingekommen, die Kleider aus dem Ahnensalon zu holen und sich als Vorfahren zu verkleiden, um dem Vater diesen letzten Willen zu erfüllen.

Benedikt zog den Mantel über, und sie formierten sich. Es war ein bizarrer Karnevalszug. Sie gingen ins Schlafzimmer und stellten sich links und rechts neben dem Bett auf. Der Vater lag mit offenen Augen hoch in den Kissen, sein grauer Haarschopf war drahtig und zerzaust. Nacheinander musterte er jeden einzelnen und so verstrich die Zeit. Auf einmal kicherte er und sagte mit gesunder, kräftiger Stimme: »Dieser Anblick ist ein Faß Wein wert.« Da sah Benedikt in den Augen seiner Brüder Haß aufflackern, und der eine und andere taten einen Schritt nach vorn, aber nichts geschah und nichts wurde gesagt.

Der Vater sprang mit einem Satz aus dem Bett und stampfte durchs Haus und in den Keller; die übrigen wie eine Hammelherde hinter ihm her. Auf der Kellerstiege blieben sie stehen, ein groteskes Menschenspalier. Der Vater stand im Keller auf dem hartgetretenen Lehmboden, die Beine gespreizt, und rief, er werde zeigen, wie gesund er sei. Dann stemmte er sich ein Weinfaß auf Schulter und Nacken und ging schwankend unter dem Gewicht auf die Kellertreppe zu und über die Stufen hinauf, eine nach der anderen, aber vor der letzten verlor er das Gleichgewicht und stürzte, sich an das Faß klammernd, nach hinten, und das Faß barst, und der Vater blieb mit gebrochenem Genick im schäumenden Rotwein auf dem Kellerboden liegen.

Dann ist Mittag.
    Oswald hat keine Zigaretten mehr. Benedikt holt ihm eine Schachtel aus der Klausur des Rektors. Oswald hat Hunger. Benedikt holt Eier aus der Küche.
    Das Telephon läutet. Benedikt meldet sich, hört zu und wird blaß. Er muß sich setzen. Das Telephonat ist kurz. Oswald müsse sofort gehen, sagt er. Er hätte gar nicht herkommen dürfen.

Auf der Fahrt durch das Große Walsertal hatte der Bus mit den Patres und den Schülern in der Probstei St. Gerold angehalten. Man wollte eine kurze Rast machen. Der Rektor hatte während der Fahrt neben dem Fahrer gesessen und mit ihm geredet. Nach dem Krieg habe er, der Rektor, eine Zeitlang Lastkraftwagen gefahren und auch einen Omnibus. In der Probstei bei einem Weißgespritzten überredete er dann den Fahrer, ihm den Bus für ein paar Kilometer zu überlassen. Der Fahrer wand sich, getraute sich aber nicht, dem Geistlichen Herrn eine Absage zu geben, und willigte schließlich ein.

Nach einem halben Kilometer mußte der Bus auf der schmalen Straße einem entgegenkommenden Jeep ausweichen. Die Räder auf der Beifahrerseite gerieten über den Straßenrand, der Bus kippte um, rutschte, auf der Seite liegend, über den nassen Steilhang, überschlug sich nach etlichen zwanzig Metern auf die andere Seite und blieb auf einer flachen Wiese liegen. Drei Schüler und der Fahrer waren schwer verletzt, vierzehn weitere leicht.

Oswald geht durch Feldkirch, vorbei am Landesgericht, über die Illbrücke, vorbei am Katzenturm. Beim Kapuzinerkloster stellt er sich an die Straße. In den Geschichten, die ihm sein Kopf erzählt, spielt er keine Rolle mehr; und sein Kopf erzählt Geschichten, während er wartet, daß ihn ein Auto mitnimmt. Vor ihm stehen drei Schüler mit Taschen unter dem Arm. Nach wenigen Minuten hält neben Oswald ein blauer Kadett. Der Fahrer öffnet ihm die Tür. Einer der Schüler rennt herbei und ruft irgend etwas; Oswald kann es nicht verstehen. Der Wagen fährt ab.

Der Fahrer hat einen schwarzen Bart, sein Äußeres ist sehr gepflegt, er redet ohne Unterbrechung, fährt wie der Teufel über alle Geschwindigkeitsbegrenzungen hinweg, seine Augen starren. Auf der Autobahn vor dem Kummenberg fährt er auf den Randstreifen und schmeißt Oswald aus dem Wagen. Dabei boxt er ihn an den Oberarm. Oswalds Kopf erzählt eine Geschichte: Männer, eine Frau und ein Kind drängen über eine dunkle Holzstiege nach oben. Das Kind drückt sich an die Frau. Einige Männer lachen, einige haben Biergläser in der Hand.

Ein Mann, der von seinem Bungalow im Dornbirner Oberdorf nach Süden geht, kann nicht dreihundertundfünfzig Jahre früher von einem Schweinehirt erschlagen werden.
Darum hatte er sich von der Stelle erhoben und war durchs Ried zur Autobahn gegangen. Er war über den Zaun geklettert und hatte sich neben die Pfeiler der Straßenüberführung ins Trockene gesetzt. Dort schloß er die Augen, und die Zeit verging mit den Bildern, die vor ihm auftauchten.
Er sieht sich selbst als Bub in der emaillierten Badewanne sitzen, die Mutter im Unterkleid vor dem Spiegel, wie sie sich schminkt und ein Lied singt, das sie durch die Nase summt, wenn sie eine Haarnadel oder den Augenbrauenstift mit den Zähnen hält. Sie warten beide auf Gaspard, er hat ihnen geschrieben.
Er öffnet die Augen und das Bild verschwindet, die Wärme des Badewassers weicht aus seinem Körper. Außerhalb seiner Augen ist nichts anderes an ihm als sein Körper; wenn er die Augen schließt, ist nichts anderes als seine Kindheit. Wie soll man so einen Mann für tot erklären!
Gaspard hat die Wohnung betreten, er hat einen

eigenen Schlüssel, er wollte sich anschleichen. Sein Rasierwasser hat ihn verraten. Der Bub hat ihn bemerkt. Es ist Winter, die Mutter hat den Radioapparat eingeschaltet, sie hören eine Übertragung der Winterolympiade in Cortina d'Ampezzo. Gaspard lädt sie zum Essen ein. Draußen schneit es. Der Bub darf Gaspards Fellmütze aufsetzen.

Als müsse er Luft holen, öffnet er die Augen. Der sehnsüchtige Geruch des Schnees ist dahin. Er beeilt sich, damit er die Geschichte, die er so gut kennt, nicht versäumt, und macht die Augen wieder zu.

Sie sitzen im Gasthaus. Gaspard wird freundlich gegrüßt und neugierig angeschaut. Der Wirt spendiert zwei Schnäpse und ein Sinalco. Ein Schweizer sitzt am Nebentisch. Er hat getrunken. Er möchte mit Gaspard und der Mutter sprechen. Andere mischen sich ein. Der Schweizer sagt: »Jetzt haben die Österreicher ja doch endlich auch einen Nationalhelden.« Er spendiert eine Runde auf das Wohl von Toni Sailer. Die Männer trinken. Gaspard übernimmt den Schnaps der Mutter. Für den Bub bringt der Wirt noch ein Sinalco. Das erste ist noch ganz voll. Der Schweizer fragt: »Wissen Sie, wie der Nationalheld der Schweiz heißt?« Wilhelm Tell, wird behauptet. »Arbeit«, sagt der Schweizer. Er wird verprügelt und aus dem Gasthaus geworfen.

Er öffnet die Augen, und die Angst vor den Männern mit den roten Gesichtern, die ihre Fäuste vordrängen, verschwindet; aber es verschwinden auch die Wärme von Gaspards Hand auf seiner Wange und die

Wärme von der Hand der Mutter, die die seine hält. Er sieht den Himmel dunkel werden, er hört die Autos; eines hält am Randstreifen. Er schließt die Augen.

Durch ein Fenster in einem fremden Zimmer schaut der Bub auf die Straße. Er ist im Schlafzimmer des Wirts. Gaspard und die Mutter stehen eng beieinander, er steht zwischen ihnen. Die Mutter flüstert empörte Worte, aber wie sie redet, klingt es, als mache sie einen Spaß. Die Männer mit den roten Gesichtern sind auch im Zimmer. Die Devise heißt »pst«! Der Wirt schaut aus dem Fenster und spricht mit zwei Polizisten. Der Schweizer steht zwischen den Beamten und redet dagegen. Der Wirt hat ein Nachthemd über den Anzug gezogen und auf dem Kopf eine Schlafmütze. Er sagt: »Heute ist Ruhetag.«

Jemand rüttelt ihn an der Schulter. Er schaut in das Gesicht von Gaspard. Aber es ist nicht Gaspard. Es ist Oswald, der sagt: »Die Polizisten haben mit dem Wirt unter einer Decke gesteckt, sie haben ihn gewarnt, bevor sie kamen. Dem Schweizer haben sie zweihundert Schilling abgeknöpft wegen Irreführung der Behörden. So endet die Geschichte.«

Gemeinsam gingen Oswald und der Mann, der für tot erklärt worden war, zum Bahndamm und auf den Schwellen in Richtung Bregenz. Abwechselnd hatte einmal der eine die Augen geschlossen und dann der andere. Damit keiner stolperte, hielten sie sich an den Armen.

Einer von beiden schloß die Augen und sah: Um den Tisch sitzt eine Familie, acht Söhne, Vater und Mutter. Sie schauen ihre erste Sendung im neuen Fernsehapparat an. Es ist ein Boxkampf. Muhammed Ali boxt gegen Karl Mildenberger. Mildenberger hat den Weltmeister vor dem Kampf provoziert, er hat ihn mit Cassius Clay angeredet. In der zwölften Runde geht Mildenberger k.o. Die Familie hat den Eindruck, Ali habe seinen Gegner geschont. »Damit er ihn besser verprügeln kann«, sagt Benedikt, sechs Jahre alt. Jeden Schlag, den Ali anbringt, kommentiert er mit einem lauten »What's my name?« Wegen des Zahnschutzes hört es sich an, als habe er einen Sprachfehler.

Der eine öffnete die Augen, der andere schloß sie wieder: Er sitzt neben Gaspard und der Mutter im Gras. Es ist heißer Sommer. Die Tannen werfen einen dichten Schatten. Sie sitzen hinter der Emser Hütte am Fuß des Berges, der Schöner Mann heißt. Gaspard will etwas zeigen. Er klettert an dem Stamm der Tanne hinauf, die über den Fels hinauswächst. Die Mutter schreit auf. Der Bub ruft Gaspard zu: »Bitte, stirb nicht!« Gaspard lacht und klettert weiter. Der Bub wird ohnmächtig.

Der andere öffnete die Augen, der eine schloß sie wieder: Die Mutter kommt vor dem Schlafengehen in das Zimmer ihres Ältesten. Nur er und sein jüngster Bruder haben ein eigenes Zimmer. Die Mutter sagt: »Der Mann, mit dem du dich bei jeder Gelegenheit verbündest, ist nicht dein Vater, sondern lediglich mein Mann. Dein Vater ist ein französischer Besatzungssoldat und der hat dich nicht aus Liebe gezeugt, sondern aus Eifersucht, weil es seine Geliebte mit einem Dahergelaufenen getrieben hat.«

Der eine öffnete die Augen, der andere schloß sie wieder: Gaspard und die Mutter wetten. Gaspard behauptet, der Bub kann es, die Mutter setzt dagegen. Wenn Gaspard für ihn wettet, will sich der Bub anstrengen. Es geht darum, ob er es schafft, eine Viertelstunde lang ohne Unterbrechung zu rennen. Gaspard gibt ihm seine Uhr. Der Bub rennt los, überzieht absichtlich fünf Minuten, um Gaspard einen noch größeren Sieg zu bescheren. Als er zurückkommt, liegen Gaspard und die Mutter im Moos. Ihre Hemden haben sie ausgezogen. Er darf sich zu ihnen legen.

Wer Oswald Oswald und den Mann, der für tot erklärt worden war, auf den Schwellen gehen sah, konnte sie nicht unterscheiden; nicht wegen einer Ähnlichkeit, sondern weil sich ihre Konturen verwischten, so daß sie bald aussahen wie einer.

Am Abend erreichten sie den Güterbahnhof.

Der Bürgermeister

Der Bürgermeister war ein schräger Vogel, der sich selbst wunderte, warum er schon viermal gewählt worden war. Dabei war es ihm bei seinen schlimmsten Machenschaften nicht einmal gelungen, sie geheimzuhalten. Vor etlichen Jahren hatte er sich von einem alten Bauern, der, wie das Gericht später feststellte, nicht mehr im Besitz seiner geistigen Kräfte war, den Hof überschreiben lassen. Den Prozeß, den die Erben angestrengt hatten, hatte der Bürgermeister verloren. Obwohl das Urteil kurz vor den Gemeindewahlen bekanntgegeben worden war, hatte ihn die Mehrheit der Bevölkerung wieder zu ihrem Bürgermeister gewählt. Jeder wußte auch, daß die Brücke über die Autobahn, die nirgendwohin führte, aber ausgebaut war für eine breite Zweispurige, doch irgendwohin führte, nämlich auf ein Grundstück des Herrn Bürgermeisters, das fünf Jahre nach Bau der Brücke im Flächenwidmungsplan zu Bauland erklärt wurde, und zwar mit der lapidaren Begründung, es liege infrastrukturell günstig, weil bereits eine Brücke über die Autobahn vorhanden sei. Der Bürgermeister hatte mit dieser Manipulation Millionen verdient. Jeder in der Gemeinde wußte es, und dennoch wurde er wieder gewählt. Die Leute sagten: »Wer so gut auf seine eigene Tasche schauen kann, der kann auch auf die Gemeinde schauen.«

Sein Geiz war sprichwörtlich. Es hieß, er lasse, wenn er im Büro an seinem Schreibtisch sitze, die Hosen herunter, nur um den Hosenboden zu schonen. Das Moped, mit dem er immer herumfahre, gehöre ihm gar nicht, sondern einem der zwanzig Türken, die in einem seiner Häuser wohnten; er leihe es sich so oft aus, daß der Türke inzwischen ein neues gekauft habe. Aber alle diese Dinge ließen ihn in der Gunst der Bürger nicht sinken. Er war ein populärer Mann.

An dem Tag, an dem das Unglück am Güterbahnhof geschah, sitzt der Bürgermeister noch bis spät in der Nacht in den Wirtshäusern und berichtet. Man will wissen, wie der Leichnam ausgesehen habe. Er sei buchstäblich zweigeteilt gewesen, erzählt der Bürgermeister; von der linken Hand zum rechten Fuß ein verkohlter Streifen. Die Bürger können sich das ums Verrecken nicht vorstellen. Der Bürgermeister, der ein Gulasch ißt, spricht mit vollem Mund. Mit der Gabel zeichnet er den Umriß eines Menschen in die Luft, dann hält er das Messer quer, das Messer sei der verkohlte Streifen. Der Bürgermeister will weiteressen, aber das Messer bleibt in der Luft hängen. Die Bürger starren ihren Bürgermeister an.

Er hat ein Wunder geschehen lassen.

Radek Knapp

Herrn Kukas Empfehlungen
Roman. 251 Seiten. SP 3311

Ein Reisebus wie ein umgestürzter Kühlschrank, voll mit Wodka und Krakauer Würsten – und mittendrin Waldemar, der sich auf Empfehlung seines Nachbarn Herrn Kuka auf den Weg nach Wien gemacht hat. Was den angehenden Frauenhelden im goldenen Westen erwartet, erzählt der Aspekte-Literaturpreisträger Radek Knapp in seinem Romandebüt so vergnüglich, daß man das Buch nicht aus der Hand legt, ehe man das letzte Abenteuer mit Waldemar bestanden hat.

»Mit hintergründigem Humor erzählt Knapp von erotischen und kapitalistischen Versuchungen, läßt seinen Helden von ›regelmäßigem Steinzeitsex‹ delirieren und in böse Fallen tappen – und zimmert aus den Verwirrungen des Zauberlehrlings Waldemar eines der unterhaltsamsten und durchtriebensten Bücher der Saison.«
Der Spiegel

Franio
Erzählungen. 160 Seiten. SP 3187

Bloß fünfzig Kilometer soll es von Warschau entfernt liegen, doch scheint das kleine Kaff Anin hundert Jahre hinter der Zeit zu sein – sogar die wenigen Züge, die hier halten, werden noch mit Dampf betrieben. Dort leben Franio, der Analphabet und wunderbare Erzähler von Lügengeschichten, der junge melancholische Konditor Julius, außerdem Weiberhelden und Weltverbesserer, die alle dem Leben in Anin einen unverwechselbaren Rhythmus geben. Humorvolle Geschichten voller verrückter Details, überraschender Wendungen und viele Wärme.

»Radek Knapp grundiert seine Erzählungen mit diesem flüsterleisen Humor, der seine Wirkung nicht aus der Fallhöhe bezieht, sondern aus dem Wissen um das Bodenlose.«
Frankfurter Rundschau

SERIE PIPER

SERIE PIPER

Michael Köhlmeier
Telemach
Roman. 491 Seiten. SP 2466

Mit der Geschichte des Odysseus begann vor 2800 Jahren die europäische Literatur. Daß dieses alte Epos vom Mann, der durch die Welt irrt, von der Frau, die auf ihn wartet, und vom Sohn, der nach ihm sucht, bis heute lebendig ist, beweist Michael Köhlmeier in seiner wunderbaren Neuerzählung. Ohne Anstrengung schlägt diese Geschichte einen Bogen von der Antike in unsere heutige Zeit.
Im Mitttelpunkt steht Telemach, Sohn des Odysseus, der seinen Vater nie gesehen hat. Inzwischen ist er zwanzig Jahre alt, und der Krieg, in den sein Vater zog, ist längst vorbei. Im Haus des Odysseus haben sich die Freier breitgemacht. Sie werben um die schöne Penelope, die Gattin des Verschollenen. Telemach sieht dem Treiben der Freier mit Verzweiflung, aber hilflos zu ...

»Federnder Witz und schäumende Fabulierlust machen diese verfremdete Zeitexpedition zur waren Lese-Lust-Wandelei.«
Focus

Kalypso
Roman. 445 Seiten. SP 2947

Kalypso, die verführerische Nymphe, braucht keinen Zauber und keine Gewalt, um den unglücklichen Schiffbrüchigen auf ihrer Insel Ogygia zu halten: Odysseus ist ihr verfallen. Wenn er für immer bei ihr bliebe, so verspricht ihm Kalypso, werde sie ihn unsterblich machen. Die Unsterblichkeit ist ein großes Versprechen und unsterbliche Liebe ein noch größeres. Zerrissen zwischen der Sehnsucht nach der Heimat, der Gattin Penelope, dem Sohn Telemach und der Begierde nach Kalypso, kann Odysseus sich nicht entscheiden.
Welch epochale Kraft und tiefbewegende Lebendigkeit heute noch in dem homerischen Epos von den Irrfahrten des Odysseus stecken, beweist Michael Köhlmeier auch in seinem zweiten, furiosen Roman über den größten Stoff der Weltliteratur. Mit Witz, unerreichter Kunstfertigkeit und kühner Raffinesse erzählt er dabei von Liebe und Tod, Verführung und Gewalt, von Glück und tragischer Verstrickung.

Michael Köhlmeier

Geschichten von der Bibel
Von der Erschaffung der Welt bis Josef in Ägypten
268 Seiten. SP 3162

Die Bibel ist nicht nur das Wort Gottes, sondern auch ein grandioses Geschichtenreservoir der Menschheit. Am Anfang steht die Schöpfung, und damit beginnt Michael Köhlmeier seine Geschichten von der Bibel, die er ursprünglich frei im Rundfunk erzählt hat. Am sechsten Tag bringt Gott mit Adam und Eva die Menschen in die Welt, die sich nach der Vertreibung aus dem Paradies schon bald in Mord und Totschlag üben, wenn Kain seinen Bruder Abel umbringt. Mit der Sintflut setzt der noch sehr unberechenbare Gott ein grausames Zeichen, bis mit dem Turmbau zu Babel die biblische Urgeschichte endet und die Menschheit in alle Winde zerstreut ist. Köhlmeier erzählt weiter von Abraham, Sarah, Isaak und Jakob und schildert schließlich, wie Josef zum zweitmächtigsten Mann in Ägypten wird.

Bevor Max kam
Roman. 226 Seiten. SP 3217

»Mit ›Bevor Max kam‹ läßt der Österreicher Michael Köhlmeier einen Wiener Mythos wieder aufleben: das Kaffeehaus, Treffpunkt gescheiterter Existenzen und hoffnungsfroher Glücksritter. Mittendrin ein Erzähler, der mit der gelassenen Neugier des gleichgültig Reisenden das Gute wie das Schlechte, gelebtes wie erzähltes Leben durchschreitet und dabei nie den Respekt vor seinen Figuren verliert. 55 Momentaufnahmen verwebt Köhlmeier zu einem Kaleidoskop menschlicher Sehnsüchte und Ängste ... Gewürzt mit der Melancholie verzweifelter Optimisten erinnern Köhlmeiers Charaktere an den Erzähler Oscar Wilde. Dessen Überzeugung, daß das Leben viel zu wichtig sei, um es wirklich ernst zu nehmen, scheint ihr Dasein zu bestimmen.«
Berliner Morgenpost

SERIE PIPER

PIPER

Karin Fossum
Stumme Schreie

Roman. Aus dem Norwegischen von Gabriele Haefs.
318 Seiten. Geb.

Ihre zarten, dunkelhäutigen Füße stecken in goldenen Sandalen, und ihr langes Haar liegt im Gras wie eine schwarze Schlange. Es gibt nur wenige Stellen auf dem seidigen Stoff ihres blaugrünen Kleides, die nicht von Blut getränkt sind – und trotz all seiner Erfahrung fällt es Kommissar Konrad Sejer schwer, beim Anblick der Leiche die Fassung zu bewahren.
Aber niemand hier scheint die Tote zu kennen. Was hatte sie in diesem abgelegenen Flecken Elvestad verloren, und warum ist sie so schrecklich mißhandelt worden? Eine Mauer des Schweigens umgibt Sejer, bis jemand den ersten Fehler macht: Einar Sund, der unbemerkt einen fremden Koffer in dem dunklen Wasser eines Waldsees verschwinden lassen will...
Karin Fossums scharfsichtiger, wortkarger Kommissar Konrad Sejer untersucht den aufwühlenden Fall der toten Inderin Poona Bai. Warum mußte die junge Frau aus Bombay sterben – keine zwölf Stunden, nachdem sie zum ersten Mal in ihrem Leben norwegischen Boden betreten hatte?